3 euros par jour

Nelly Zin

Avec la collaboration de Caroline Fontaine

3 euros par jour

Albin Michel

Introduction

Mon histoire est devenue un drame ordinaire. Ça pourrait être vous, la voisine ou un parent. Le quotidien d'une jeune mère de la région parisienne qui, au fil des semaines, des mois, perd pied, et se retrouve seule avec 3 euros par jour pour vivre. Avant mes problèmes, j'étais bien incapable de concevoir que l'on puisse vivre avec 100 euros par mois après avoir payé son loyer et ses frais fixes. Et pour cause. C'est tout simplement impossible. J'ai grandi dans une époque où les nouveaux riches étaient les rois du monde. Aujourd'hui j'apprends à survivre à l'ère des nouveaux pauvres.

Maman de deux adorables petites filles aux yeux lumineux, je n'aurais jamais imaginé en arriver là. C'est pour Maéva et Océane, quatre et trois ans, que je me bats. Pour elles, je ne baisserai pas les bras. Ne pas craquer, juste assurer, coûte que coûte. Mais dans ces moments-là, il est facile de sombrer. C'est d'ailleurs ce qui m'est arrivé. Jamais je n'oublierai ce week-end entier où nous n'avions plus rien à manger. J'ai fouillé tous les placards à la recherche de nourriture. J'ai déniché uniquement des gâteaux apéritifs. Et pendant deux jours, nous n'avons mangé que ça. Au lendemain de ce week-end, j'ai décidé que cela ne pouvait plus durer.

La peur au ventre

Aujourd'hui c'est lundi. Un lundi ensoleillé de décembre. Hier, nous avons fini les gâteaux apéritifs. Les placards sont vides. J'ai pris mon sac à provisions. Pourtant, je ne me rends pas au supermarché. Je n'ai plus les moyens d'y aller. Même les discounts sont devenus trop chers. Pour la première fois de ma vie, je vais pousser la porte d'une épicerie sociale, là où l'on donne à manger gratuitement. Chaque année, surtout à l'approche de l'hiver, je voyais des reportages à la télévision sur ces lieux dont le plus célèbre est les Restos du Cœur. Je me disais : « Qu'est-ce que ça doit être dur d'en arriver là ! » Pas un seul instant, je n'aurais pensé me retrouver dans cette situation. Pourtant, ce lundi matin, je n'ai plus le choix. Je viens officiellement de rejoindre la masse des millions de personnes dépendantes de l'aide associative pour vivre. Enfin, plutôt pour survivre.

Ma vie a basculé, du jour au lendemain, fin septembre 2008. Parfois un banal événement suffit à tout chambouler. Aujourd'hui, je vis depuis deux mois avec environ 3 euros par jour. Et peu d'espoir que cela ne s'arrange. Cela fait cinq jours que je ne peux plus retirer d'argent à la banque. Mon compte est à découvert et je ne sais pas quand il sera à nouveau approvisionné. En faisant les fonds de tiroirs, en fouillant les poches de mes pantalons et de mes manteaux, je n'ai rien trouvé. Même les tirelires de mes filles sont vides. Tous ceux qui pouvaient m'aider l'ont déjà fait. Je ne peux plus rien demander. Ni rien attendre. La semaine dernière, une amie m'a apporté des provisions provenant de ses placards. Une autre a fait quelques courses pour me dépanner.

Aujourd'hui donc, je n'ai plus de solution. Je n'ai vraiment plus rien. Je redoutais ce moment depuis longtemps. Maintenant je dois pousser cette porte, celle de l'Arbre à pain, l'épicerie sociale du centre-ville de Saint-Germain-en-Laye. Il n'est pas facile, ce premier pas. J'ai l'impression d'être tombée si bas. D'être une mère indigne, incapable de nourrir ses enfants. C'est éprouvant. Pas uniquement le regard des autres sur ma situation. Pas uniquement le regard inquiet de mes filles. Mais aussi le mien. La perte de l'estime de soi. À mes yeux, ces épiceries sociales et autres Restos du Cœur sont tellement synonymes de déchéance sociale.

Serré contre moi, je tiens mon sac. J'ai mis mes belles bottes noires, achetées l'an passé chez le chinois du coin pour 15 euros. Tout de suite elles m'habillent. Elles me donnent l'impression d'avoir les moyens de m'offrir de beaux vêtements. Je porte mon manteau préféré, le beige, avec des poils sur le col. Un ami, lui aussi divorcé et papa, me l'a offert un jour de déprime. Ce manteau, c'est le souvenir d'une main tendue. Il m'a protégée tout l'hiver. Surtout ne pas faire pauvre. Je crois que l'effet est réussi. Avant d'entrer, je vérifie que personne ne me regarde. Un coup d'œil à droite, un coup d'œil à gauche, la voie est libre. Je file sous le porche. Devant moi trônent une dizaine de caddies colorés. C'est drôle, cette longue file de chariots, de toutes tailles, de toutes couleurs, posés les uns derrière les autres, en accordéon, qui semblent attendre patiemment leur tour. Il est 14 h 30. L'épicerie vient d'ouvrir et déjà une bonne quinzaine de personnes patientent.

Je regarde ces gens. Impossible de soupçonner leur détresse. En fait, ils sont comme moi. Si par hasard, un jour, vous me croisez, vous ne pourrez pas non plus deviner mes difficultés. Comme quoi, il faut se méfier des apparences. La pauvreté, on l'imagine avec un certain visage, un peu sale, plutôt triste. Mais elle n'a que celui des gens ordinaires, de la banalité. De vous peut-être, de moi, de nous.

Après une longue attente, j'ai enfin rempli mon panier. Surtout des produits de première nécessité : des pâtes, du riz, des conserves, du lait, des couches… Mais aussi quelques gâteries : du Nutella, des gâteaux, un paquet de bonbons et des produits frais. Un luxe ! J'ai le droit d'y retourner la semaine prochaine. Et encore la suivante. Et pendant tout un mois. Puis il me faudra une nouvelle lettre de mon assistante sociale. Normalement c'est du dépannage, une porte de secours quand on a épuisé toutes les autres aides. Mais pour beaucoup, c'est devenu un indispensable moyen pour subsister. Nous sommes des centaines de milliers à remplir ainsi nos caddies, et cela parfois pendant des années. C'est particulièrement vrai pour les mères célibataires. Pas facile de retrouver le chemin du monde du travail avec des enfants à charge. Cela m'angoisse terriblement. Car, je ne le comprends que trop bien, mon avenir se présente mal. Je ne vois pas par quel miracle j'arriverai à trouver un autre moyen pour manger la semaine prochaine.

Jusque-là, tout allait bien

Comment ai-je pu en arriver là, moi, une jeune fille bien élevée de la classe moyenne ? Moi qui ai eu une enfance finalement banale, dans une banlieue bourgeoise de Paris, entre des parents divorcés comme le sont ceux de la plupart de mes amis, une sœur cadette que je materne, et des études peut-être pas des plus brillantes mais convenables ? Je déroule le fil de ma vie pour trouver où il s'est cassé. Car, il y a seulement trois mois, tout allait bien. Même très bien. Que cela me semble loin ! C'était en août 2008. Je travaillais depuis quatre mois comme vendeuse à mi-temps dans un magasin de prêt-à-porter du centre-ville de Saint-Germain-en-Laye. Dès le réveil, j'étais heureuse à l'idée de retrouver la boutique et si fière d'y travailler. La vente, c'était mon rêve : discuter, échanger, conseiller, j'ai toujours adoré ça.

Grâce à ce nouveau travail, j'avais enfin pu emménager dans mon appartement. En effet, après ma séparation avec le père de mes enfants, je n'avais pas eu d'autre choix que de retourner chez ma mère, où vivait encore ma sœur cadette Delphine. À vingt-sept ans, revenir chez sa mère n'est pas facile. Encore moins avec deux enfants en bas âge. Une semaine plus tôt, Maéva avait fêté ses deux ans, et Océane n'avait qu'un an. À cinq dans un trois-pièces, c'était vite devenu invivable. Mais, après plus d'un an marqué par de douloureux combats, j'avais réussi à tourner la page et tout cela n'était désormais qu'un mauvais souvenir.

J'avais repris le dessus. Je pouvais enfin écrire mon histoire au présent et au futur. Une histoire dans laquelle, j'en étais persuadée, il n'y aurait plus de place pour la souffrance, le mépris, les larmes et la solitude. Mon avenir ne pouvait qu'être meilleur. Après ce que j'avais vécu, les problèmes que je rencontrais aujourd'hui me semblaient bien dérisoires ! Mais ils ne l'étaient pas. Ma situation financière était encore si fragile qu'elle s'est écroulée à cause d'un simple courrier. Entraînant dans sa chute mon existence. On croit avoir sorti la tête de l'eau. Mais parfois, c'est juste pour mieux replonger.

Le temps de l'insouciance

En cent vingt jours ma vie s'est disloquée. Tout ce que j'avais reconstruit, s'est effondré avec cette banale lettre administrative. On m'informait que Maéva n'avait plus de place au centre aéré les mercredis et durant les vacances scolaires. Pour moi qui venais de trouver un nouveau boulot, c'était une catastrophe.

Pour comprendre comment ce simple courrier a tout fait basculer, il faut remonter à plus loin. Beaucoup plus loin. Au temps de l'amour fou avec Éric[1], quand rien d'autre ne comptait. Le temps des premières erreurs. On s'était rencontrés en janvier 2002, et ma vie avait alors

1. Le prénom a été modifié.

commencé. En tout cas, c'est ce qui me semblait. Il avait dix-sept ans, moi j'en avais tout juste vingt. Je l'ai aimé comme on aime la première fois, sans retenue, avec passion. J'ai passé plus de cinq ans dévouée corps et âme à notre amour. Et au commencement, bien sûr, tout allait bien. On était jeunes, on était amoureux, on était insouciants. Je faisais l'apprentissage d'une vie différente. Sa famille était très gaie, elle aimait faire la fête. Chez eux, il y avait toujours du monde. Cela me changeait de chez moi, où nous vivions en vase clos, entre ma mère, ma sœur, ma tante, ma grand-mère.

Avec Éric, j'ai découvert les boîtes de nuit, les virées entre copains, mais surtout nos merveilleuses balades à mobylette. Je m'asseyais à l'arrière, les bras noués autour de lui. J'étais si fière ! Souvent, il m'emmenait au parc près de chez lui. C'était si romantique ! Le soir, enlacés sur le banc à regarder la nuit tomber, nous parlions de nous, de nos rêves communs. Ces premières années furent magnifiques. Nous étions en âge de flâner, de profiter de la vie sans nous poser de questions. Nous allions à la pêche en bord de Seine avec son copain Jojo.

Silencieuse, je les regardais, eux qui étaient si concentrés. Tous les samedis, qu'il pleuve, qu'il neige ou qu'il vente, j'allais au Pecq, en banlieue de Saint-Germain-en-Laye, admirer Éric jouer au foot ! Et tous les dimanches, j'assistais aux matchs du club. Le coach de l'équipe m'avait surnommée : « la Pom Pom girl » !

Comme nombre de jeunes, nous retrouvions quasiment tous les week-ends notre bande : en tout trois garçons et autant de filles. Nous allions au MacDo, au ciné, et parfois nous nous baladions au hasard des rues. C'est si loin tout ça... Depuis, nous nous sommes tous perdus de vue. Mais à jamais ces moments resteront gravés dans mon cœur. Nous étions fous de bonheur, et moi si bien avec lui. L'homme que j'aimais était à mes côtés. Je n'avais plus peur de l'avenir. Comme Éric était assez pudique, je lui avais suggéré que l'on s'écrive des lettres. L'idée lui avait plu. J'en ai gardé une au fond de mes tiroirs : *« Toi à qui je confie mon âme, avec toi je veux passer tout mon temps. Immense est mon amour, même si je ne te le montre pas, en permanence il est là. Je serai toujours là pour toi, on ira, on partira.* » J'étais la plus heureuse du monde !

Mais j'avais tellement peu confiance en moi que j'en ai finalement trop fait... J'avais l'impression de n'être personne face au bloc que constituaient Éric et sa famille. Petit à petit j'étais devenue l'ombre de mon homme, incapable de penser par moi-même, d'affirmer mes choix. D'un tempérament assez jaloux, je voulais toujours être avec lui. Du coup j'en ai oublié l'essentiel : mes études. Et je ne me suis pas présentée au BAP d'assistant animateur technicien de la jeunesse et des sports. Quelle bêtise ! J'étais à un âge où la vie professionnelle se décide. Malheureusement, c'est aussi l'âge du premier grand amour ! Résultat : nous avons arrêté tous les deux nos études pour nous retrouver à servir des cheeseburgers au MacDo. Mais j'étais avec Éric, le reste importait peu. Je gagnais environ 500 euros par mois et lui près de 600. Bien assez pour sortir, et profiter de la vie !

Son permis obtenu, Éric s'était offert sa première voiture d'occasion. Une Renault 19 grise. Tout notre argent y passait : vitres teintées, autoradio, housses de sièges, coussins. Nous avions même un mini-poste de télévision en noir et blanc que j'avais trouvé dans un bazar ! C'était notre nid d'amour. Les soirs, nous y dînions de plats préparés, achetés au supermarché et servis dans de la vaisselle en plastique. Puis on roulait, un peu au hasard, juste histoire d'être ensemble. Éric adorait ça. Parfois, on emmenait des amis et on tournait, on tournait. Cette voiture était plus qu'un souvenir. D'ailleurs Éric s'en est séparé lors de notre rupture. C'est ainsi, à dépenser sans trop compter, que nos découverts se sont irrémédiablement creusés.

Premières dettes

À cette époque, on ne réalisait pas à quel point on vivait au-dessus de nos moyens. Lui comme moi aimions dépenser. Quand je m'achetais quelque chose, j'avais le sentiment de combler un vide... C'était aussi les débuts du téléphone portable. C'était de la folie, on s'appelait pour un oui ou pour un non. Et nos forfaits explosaient. Nos comptes, aussi ! Du coup ils ont été bloqués. Grâce au plan d'épargne en actions et au plan d'épargne logement que m'avait ouverts ma mère, j'ai pu rembourser une partie des 2 800 euros de mon découvert ! Mais cela ne suffisait pas. Notre conseiller bancaire nous a proposé alors nos premiers crédits revolving. Éric a contracté un prêt de 3 000 euros sur dix-huit mois et, cinq mois plus tard, je lui ai emboîté le pas avec un autre prêt de 1 230 euros. Je crois qu'on ne réalisait pas vraiment les dangers de ces emprunts. Seul comptait l'argent mis immédiatement à notre disposition. Ces crédits nous avaient été présentés comme des réserves d'argent facilement disponible. Au moindre découvert sur nos comptes courants, ils prenaient le relais grâce à des virements automatiques. Un système pervers et terriblement dangereux, car les soldes de nos comptes étaient faussement positifs. L'hémorragie financière n'était que masquée, et l'endettement continuait de plus belle. Évidemment, au départ, on n'avait jamais pensé utiliser l'intégralité de cette réserve d'argent. C'était juste au cas où. Sauf que, dès que nécessaire, sans nous demander notre avis, notre banque piochait dans cet avoir pour réapprovisionner notre compte. Et les intérêts étaient exorbitants. En plus, elle nous facturait des frais pour les deux jours où notre compte avait été dans le rouge avant que le virement n'arrive... Tout était bon à son profit !

Proposer ces crédits « revolving » à des personnes non solvables est irresponsable, presque criminel. Pourtant, j'ai la certitude que les banquiers agissent en toute conscience. Pour eux, le jeu en vaut la chandelle car les intérêts sont si élevés que les bénéfices engrangés constituent une manne très importante ! Le taux de mon prêt contracté auprès de la Société Générale était de 15 à 16 % l'an. Chaque mois, mes remboursements s'élevaient à 75 euros, soit environ 15 % de mes revenus mensuels. Six mois plus tard, ma réserve disponible était passée à 1 500 euros car mes débits successifs avaient atteint 1 379,33 euros. Au 31 décembre 2005, je m'étais acquittée de 600 euros, l'équivalent de mon salaire mensuel. Vous pensez rembourser vos crédits : en fait vous n'avez payé que les intérêts. Mon découvert ne diminuait pas.

Le crédit à la consommation d'Éric semblait moins risqué. Son taux était de 5,8 % hors assurance pour un prêt de 4 500 euros, portant les remboursements à 136,49 euros par mois pendant trois ans. Cependant, ce crédit était lui aussi délirant au regard de ses revenus. Il représentait plus de 28 % de son salaire mensuel ! Au dire de notre conseiller bancaire, ce prêt lui avait été accordé « pour nous aider à faire face à nos engagements ultérieurs ». Et nous, crédules, nous avions accepté cette proposition avec un immense soulagement. Nous nous en étions remis les yeux fermés à notre banquier. Nous avions tellement besoin de lui. Mais sans nous en rendre compte, nous étions devenus ses otages. Car la tentation de contracter de nouveaux prêts pour enrayer nos problèmes était forte. C'était d'ailleurs ce que nous avions fait, toujours conseillés par notre conseiller. Neuf mois après son premier prêt de 3 000 euros, Éric avait souscrit celui-ci de 4 500 euros qui englobait le premier.

Les banques savent bien qu'il s'agit là d'une spirale infernale. Elles capitalisent sur la crédulité, la jeunesse ou le désarroi de leurs clients. Plus de la moitié des personnes surendettées ont des revenus égaux ou inférieurs au Smic ! Et ce n'est pas tout. Elles n'hésitent pas à vous vendre d'autres produits financiers, alors même qu'elles savent que vous n'en avez pas les moyens. En bons pigeons, nous avions ainsi accepté une assurance contre les accidents de la vie ! Heureusement, ma mère, vigilante, nous l'avait fait résilier illico.

En attendant, le mal était fait. Certes, nos comptes n'étaient plus dans le rouge mais nous avions accumulé plusieurs crédits sans mesurer la sanction qui planait désormais au-dessus de nos têtes.

L'oubli

Le second prêt d'Éric a coïncidé avec notre emménagement. Ce 3 septembre 2004, nous avons franchi le pas et nous nous sommes installés ensemble. Je venais de découvrir que j'étais enceinte de Maéva. Une fois n'est pas coutume, mon conseiller bancaire avait œuvré en notre faveur. Il avait tu nos dettes à l'agence de location et l'avait même rassurée sur notre situation. Il savait que nous avions un besoin urgent de cet appartement. Grâce au système Locapass – le 1 % logement –, mon employeur s'était porté garant. C'était un studio de 35 mètres carrés, baigné de lumière, situé à Chambourcy, en banlieue parisienne, au dernier étage d'un joli immeuble. Il était très bien conçu : une belle pièce à vivre avec cuisine américaine, une salle de bain avec toilettes et une grande baie vitrée.

La naissance de Maéva n'avait pas été planifiée. Un banal oubli de pilule suite à une violente dispute avec ma mère. Pour la première fois, j'avais claqué la porte et je m'étais installée deux nuits à l'hôtel avant de poser mes valises chez les parents d'Éric qui, gentiment, m'avaient accueillie. Je n'étais pas repassée chez ma mère récupérer mes affaires, et donc ma pilule. Deux soirs de suite, je ne l'avais pas prise. Assez pour tomber enceinte. J'avais choisi de garder cet enfant. Je dis « avais choisi », mais en réalité, l'alternative n'avait même pas été posée. Éric et moi avions tous deux en mémoire le souvenir atroce de mon avortement, deux ans plus tôt.

Notre couple en était à ses balbutiements. J'avais vingt ans, Éric en avait dix-sept. Nous ne pouvions présumer de notre avenir, et encore moins assumer un enfant. Il avait repris ses études et, de mon côté, je travaillais dans un centre de loisirs. Malgré tout, la décision n'avait pas été simple à prendre. Surtout pour moi.

Éric estimait, lui, que je devais avorter : ce bébé allait nous empêcher de vivre, de s'aimer. Il répétait : « Nous sommes trop jeunes. » À contrecœur, je m'étais rangée à son opinion. Mais j'aurais voulu garder cet enfant parce que j'aimais Éric.

Une fois notre décision prise, nous avions dû agir sans tarder. Les délais pour la pilule abortive étant dépassés, l'avortement par aspiration s'imposait. Nous étions en plein été et les services hospitaliers étaient en effectifs réduits. Avec ma mère, ma sœur et Éric nous avions décidé de maintenir notre départ en vacances pour Montpellier et de consulter sur place. À la clinique, un médecin avait pris le temps de tout m'expliquer afin de me rassurer sur l'intervention. Mais les jours précédant l'opération, je n'avais pas dormi. Je me posais mille questions. Le jour J était arrivé. Dans les couloirs de la clinique, j'avais croisé des femmes venues elles aussi pour une IVG, et d'autres pour mettre au monde leurs bébés. Je ne pouvais retenir mes larmes. Six années ont passé et, aujourd'hui encore, je ressens la panique qui s'était emparée de moi en entrant au bloc. Tremblant de tout mon corps, j'avais vu l'infirmière s'approcher pour procéder à l'anesthésie. Je n'avais pas eu le temps de compter jusqu'à 10 – à 3, j'étais tombée dans un profond sommeil. J'étais tellement angoissée que, malgré l'anesthésie, je tremblais toujours et l'équipe médicale avait dû pratiquer une seconde injection. Trente minutes plus tard, en salle de réveil, j'avais été saisie par une vive douleur dans le bas-ventre. Horrifiée, j'avais vu du sang jaillir de mon nombril. L'infirmière était accourue en s'exclamant : « Je suis désolée, cela s'est mal passé, on doit vous ramener au bloc. » Une troisième injection avait été ordonnée... Je m'étais réveillée en larmes. Éric me tenait la main. Il s'était penché sur moi et avait murmuré : « Je suis là, ne t'inquiète pas. Je t'aime. » On m'avait posé deux petites broches sur le ventre pour faciliter le curetage. J'en garde la cicatrice en forme de croix. Six mois plus tard, j'avais fait une dépression. Prostrée chez moi, j'étais incapable de sortir et l'idée même de prendre une douche me demandait un effort surhumain.

Alors, à l'annonce de cette seconde grossesse, je n'avais pas hésité. D'autant plus que cette fois-ci, nous étions un couple solide, vieux de près de trois ans ! À cette époque notre endettement ne nous paraissait pas critique. On travaillait tous les deux, on allait donc pouvoir faire face.

La vie à deux

Notre situation s'améliorait. J'avais quitté le MacDo pour un poste intérimaire plus gratifiant d'hôtesse d'accueil payé 650 euros par mois. Éric, lui, avait décroché un emploi d'agent de sécurité pour un salaire mensuel de 1 100 euros. Nous avions presque multiplié par deux nos revenus. Le loyer de 560 euros déduit, il nous restait un peu plus de 1 000 euros. Assez pour vivre correctement. Enfin notre vie prenait forme. Le matin, parfois, Éric m'accompagnait au travail. Sinon je prenais le train jusqu'à la Défense. Je travaillais à l'accueil d'un grand bâtiment, le Capitole. Je triais le courrier, je signais les recommandés et je recevais les visiteurs. En échange d'une pièce d'identité, je leur donnais un pass pour accéder aux différentes entreprises. Nous étions deux hôtesses. Le décor était presque tropical avec son plan d'eau, son pont et ses nombreux palmiers. C'était, en quelque sorte, mon île paradisiaque ! Au loin, j'apercevais la terrasse d'un café intérieur. Mes collègues étaient adorables. Heureusement, parce que nous travaillions toutes plus que le temps réglementaire, et souvent sans pause.

Côté famille, les choses se tassaient. Mes rapports avec ma mère s'apaisaient. Elle ne m'avait pas jugée pour cette nouvelle grossesse, juste conseillée au mieux. Et pour notre emménagement, c'était elle qui nous avait offert tout notre électroménager : le frigo, le lave-linge et la gazinière. Du coup les parents d'Éric nous avaient acheté un grand living, toute la vaisselle, le grille-pain, la machine à café, celle pour presser les oranges, notre petite table ronde… Un vrai trousseau de jeunes mariés ! Le reste, les petits meubles et autres, c'était de la récup. Peu de temps après notre emménagement, nous avons eu un coup de cœur pour un magnifique bichon frisé vendu 630 euros. J'en rêvais depuis toute petite. Et comme nous n'avions pas utilisé la totalité de notre réserve disponible lors de notre emménagement, nous avons craqué. Cookie a été adopté.

On vivait ainsi, les poches trouées, insouciants mais heureux. Aujourd'hui, je mesure à quel point nous n'avions pas le sens des priorités et de la valeur des choses. À la manière de sales gosses gâtés, on avait parfois du mal à se refuser certains achats. Un jour, on a décidé qu'il nous fallait absolument le câble, Internet et le téléphone fixe. On s'est abonné sans aucune précaution. Rapidement nos notes de téléphone sont devenues astronomiques. Nos plus grosses dépenses étaient de loin celles liées à la Playstation – 50 euros le jeu – et à la voiture d'Éric. Il voulait faire comme tous ses potes, y installer un autoradio, des enceintes, des vitres teintées... On ne voyait pas le danger. On se disait : « On travaille, alors pourquoi pas nous ? Pourquoi nous n'aurions pas accès à ce que tout le monde possède ? » Nous ne voulions pas admettre que notre situation était bancale. Je ne me suis jamais rendu compte que ces petites dépenses, ces crédits cumulés pouvaient à terme nous créer de gros ennuis. Tout ça parce que nos dépenses ne me semblaient pas excessives. On ne menait pas la grande vie. Au contraire ! Jamais de restaurant, encore moins de cinéma et pas de vacances... Une seule fois nous sommes partis passer une journée à Deauville : une virée en amoureux.

Le calme avant la tempête

Nos problèmes financiers ont commencé à gangrener nos vies. Et nous nous sommes lentement renfermés sur nous-mêmes. À mon travail, cela ne se passait plus aussi bien. Je découvrais la joie des emplois précaires. Mon employeur ne respectait ni les contrats ni les horaires, et encore moins les pauses. Jusqu'alors, je m'en préoccupais peu, mais là, étant enceinte, il m'était difficile de travailler toute la journée sans interruption. J'étais très fatiguée, ma grossesse se compliquait et j'ai dû enchaîner plusieurs arrêts de travail. Je cumulais désormais deux missions sur deux sites différents à Poissy. Je n'avais jamais contesté ce changement qui m'avait rapprochée de chez moi, même si les allers-retours entre les deux m'épuisaient, ni le non-respect de mon contrat de travail, qui stipulait une seule affectation. Mais, un jour, sans raison explicite, mon responsable m'a demandé une nouvelle fois de changer de lieu de travail. Je devais quitter Poissy pour Nanterre. C'était beaucoup trop loin de mon domicile. J'ai refusé. D'autant que je ressentais déjà des contractions et je ne voulais pas courir le risque de perdre mon bébé.

Et sans plus attendre l'ambiance s'est dégradée. Plusieurs matins, je suis arrivée en retard. Oh ! Pas grand-chose, quelques minutes, mais il suffit de peu pour être mise en faute quand on est dans le collimateur de son chef... Agacés par mes arrêts maladie, mes patrons ont sauté sur l'occasion pour essayer de me renvoyer. J'avais les nerfs à vif. D'autant que je devais aussi faire face aux attitudes déplacées de certains agents de sécurité qui me draguaient ouvertement. Ils s'amusaient à m'épier, et à me déstabiliser en m'assurant que j'allais être virée.

L'agence intérimaire qui m'avait placée là, dont mon employeur était un client important, m'a alors accusée d'absences injustifiées pour ne pas payer certaines de mes heures. J'étais piégée. Ces agences savent qu'elles ont affaire à des personnes peu au fait de leurs droits et surtout prêtes à beaucoup pour ne pas perdre leur emploi. Malgré mes courriers, je n'ai plus eu de nouvelles pendant de longs mois. En attendant, l'argent ne rentrait plus. J'avais travaillé moins que les mois passés et les indemnités journalières de la sécurité sociale ne compensaient que partiellement ma perte de salaire.

C'est à peu près à ce moment-là qu'Éric a décidé, comme ça, sans vraiment donner de raison, de quitter son emploi. Agent de sécurité chez EDF, il n'avait plus envie d'y aller, ça ne l'intéressait plus. Il s'est arrangé pour être licencié et toucher ainsi le chômage. Ont suivi quelques petits boulots, toujours de manière ponctuelle, car Éric estimait que ces postes n'étaient pas assez valorisants pour lui. Avec son CAP Électrotechnique, il considérait qu'il méritait mieux. Je regardais avec inquiétude mon ventre s'arrondir et notre avenir s'assombrir. D'autant qu'Éric n'assumait pas son instabilité professionnelle. Il faisait croire à notre entourage qu'il avait un travail.

Pendant un an, Éric a vivoté de son chômage. De mon côté, je ne percevais plus que les indemnités de mon congé de maternité. Notre situation financière était devenue très critique. Nos revenus avaient été divisés par deux ! En 2004, j'avais déclaré 6 721 euros et Éric 11 588 euros. Fin 2005, Éric a déclaré 6 043 euros et moi 3 974 euros. Avec nos crédits à rembourser, il ne nous restait plus rien.

Le grand plongeon

La descente aux enfers avait commencé. Je me rendais bien compte qu'on dépensait trop. Mais Éric voulait tout gérer seul. Quand je m'inquiétais, il balayait d'un revers de main toutes mes questions. Il se reposait sur le système Locapass qui prenait le relais quand nous ne pouvions pas régler notre loyer. Et on avait arrêté de le payer deux mois après notre emménagement. C'était comme ça pour tout. Je me souviens d'une fois, pour le câble, je lui avais dit : « On ne doit que 100 euros, ce mois-ci on peut payer. » Il avait rétorqué : « Mais non, t'occupe, on paiera le mois prochain. »

En fait, Éric ne s'occupait de rien. Les factures, les avis d'huissiers, les relances s'accumulaient sur la commode, sans même qu'il prenne la peine de les ouvrir. Et moi, de mon côté, je ne voulais en rien le contredire de peur de le perdre. Une fois, j'avais eu le malheur de régler un huissier qui s'était présenté à notre domicile. La menace d'une convocation au tribunal m'avait effrayée. En l'apprenant, Éric s'était mis hors de lui, certain qu'on aurait pu se débrouiller autrement. J'ai appris alors à vivre dans l'angoisse de la visite des huissiers. Je m'enfermais dans mes problèmes. Éric m'interdisait d'en parler à quiconque. Il refusait même que je m'en ouvre à ma mère. Plus le temps passait, plus on vivait dans le mensonge. J'ai fini par imploser. J'ai confié une partie de nos problèmes à ma mère. Elle a été effarée par notre insouciance alors qu'on allait être parents, et par notre terrible immaturité.

Immédiatement, elle m'a emmenée voir mon conseiller bancaire pour trouver une solution au remboursement de nos dettes. J'espérais qu'il me proposerait un rééchelonnement des paiements de nos crédits. Son couplet résonne encore : « Quand on n'a pas d'argent, on n'en dépense pas. » Et son regard sur mon ventre en disait long. Pour combler le découvert d'Éric de plus de 800 euros, ma mère a déposé deux chèques d'un montant total de 1 000 euros.

Juste pour l'année 2005, sans compter les intérêts du crédit, nous avions payé 1 500 euros d'agios ! Même avec mon bac pro de secrétariat, obtenu avec mention, je n'ai jamais gagné plus de 900 euros par mois, alors comment payer ces frais ?... Oui, bien sûr, nous étions responsables de nos comptes. Oui, j'avais signé un contrat sur lequel était inscrit le taux d'intérêt. Mais, sincèrement, je n'en avais pas saisi tous les enjeux. Comment aurais-je pu penser qu'une banque ayant pignon sur rue pouvait proposer des remèdes plus dangereux que le mal ? L'endettement est un engrenage qui vous prend de court. Votre conseiller vous propose des petits emprunts, puis de plus gros pour solder les petits... et ainsi de suite jusqu'au jour où les remboursements dépassent vos revenus. Et là, vous comprenez qu'il n'y a plus rien à faire. Ces dettes vous vous les traînez à vie. En tout cas très longtemps.

Aujourd'hui encore, quatre ans après les faits, elles me plombent toujours et elles m'empêchent de repartir sur des bases solides.

Avec Éric, nous venions de toucher le fond. Impossible de ne plus payer le loyer sans risquer l'expulsion, mais impossible aussi de le payer. Sur les conseils de ma mère, j'ai rencontré une assistante sociale qui m'a proposé de monter un dossier de surendettement. À ces mots, j'ai eu très peur. À vingt-trois ans, alors que ma vie ne faisait que commencer, que j'allais être maman, j'étais déjà en faillite ? On m'a expliqué que ce dossier permettait de bénéficier de délais et d'échéanciers pour le remboursement des dettes. On en avait drôlement besoin : on ne pouvait plus rien payer. Il nous a fallu des semaines et des semaines pour le constituer tant les justificatifs et autres documents administratifs demandés étaient nombreux. C'est d'une complexité que l'on imagine mal. D'autant plus que la Banque de France nous a redemandé à plusieurs reprises certains papiers qu'elle avait elle-même égarés dans son déménagement de Saint-Germain-en-Laye à Versailles. Pour couronner le tout, leur service financier s'était trompé d'une virgule sur le montant de la dette envers ma banque. Ils l'avaient porté à 13 392 euros au lieu de 1 339,20 euros ! Au final, seul changement positif à notre situation, nous bénéficions d'un moratoire : les créanciers ne pouvaient ajouter d'agios, de frais bancaires, de pénalités de retard, de frais d'huissier… Mais nous devions toujours honorer le remboursement de la plupart des dettes. Même si cela nous était impossible. Et continuer à vivre.

Au jour le jour

Selon le délai officiel, la Banque de France devait revenir vers nous trois mois plus tard. Elle devait au préalable obtenir l'accord de tous les créanciers. Notre dossier a été déclaré recevable le 20 octobre 2005, et approuvé le 2 mars 2006, soit un an après son dépôt. Le plan de surendettement est entré en application le 3 avril 2006. En échange du règlement échelonné de nos dettes, nous n'avions plus le droit d'en contracter et nous devions nous acquitter dans les délais convenus des remboursements. La Banque de France avait calculé que nos ressources s'élevaient à 1 672 euros, et nos dépenses courantes à 1 732. Soit un débit permanent de 60 euros ! Notre échéancier, calculé sur cent trois mois (plus de huit ans), nous permettait de rembourser progressivement nos dettes : elles s'élevaient maintenant à environ 25 000 euros. 25 000 euros ! Une somme que nous n'avions pourtant pas dépensée. Mais les intérêts accumulés, les frais de procédure, les avis d'huissiers... avaient considérablement alourdi la facture.

Au total, il nous fallait rembourser 6 650 euros au titre de « prêts à la consommation », ces fameux crédits revolving. Les autres créances étaient constituées essentiellement d'impayés de loyers (environ 17 000 euros), de divers abonnements – câble ou téléphone –, d'assurance voiture... Surtout des dépenses liées à notre vie quotidienne. Pour faciliter la recherche d'emploi d'Éric, les six premiers mois, nous n'avions à rembourser que 60 euros, ensuite les mensualités pouvaient varier jusqu'à 300 euros au maximum.

Notre vie s'organisait autour du système D. Grâce à l'assistante sociale, nous recevions des colis alimentaires. J'avais même obtenu un rendez-vous avec le maire de Chambourcy, qui suivait notre dossier. Chaque mois, ma mère nous assurait 200 euros de nourriture, et en cas de nécessité je passais faire mes courses dans ses placards. Nous revendions nos DVD dans un dépôt-vente : on n'en obtenait pas grand-chose, mais au moins on avait un peu de cash. Pour nos autres dépenses alimentaires, nous avions pris la carte Carrefour qui nous permettait de décaler nos paiements à la fin de chaque mois. Sur le coup, cela paraissait une bonne idée. Mais évidemment, nous nous sommes retrouvés avec des dettes supplémentaires. D'autant plus que le taux d'intérêt est dans ce cas aussi horriblement élevé. Comme pour les crédits revolving, ces cartes sont de vraies sangsues de la misère. Pourtant, quelle caissière de supermarché ne vous en a-t-elle pas proposé ? C'est si simple. Une pièce d'identité et le tour est joué : à vous la vie à crédit ! Jusqu'au jour où vous ne pouvez plus rembourser...

Heureusement, au huitième mois de ma grossesse, la Caisse d'allocations familiales (CAF) nous a versé 863 euros au titre de la prime à la naissance. La mairie de Chambourcy nous a offert cinq cartons de vêtements pour le bébé et pendant trois ou quatre mois elle nous a expédié des colis alimentaires. Tout cela devait nous permettre d'accueillir notre bébé dans des conditions plus acceptables et réconfortantes.

Deux semaines avant mon accouchement, j'ai eu un pressentiment. J'ai préparé la chambre de Maéva. Enfin son coin, puisqu'on allait vivre à trois dans le studio. Au-dessus de son berceau, j'ai installé une boîte à musique. Elle était jaune, blanc et bleu, avec quatre petits nounours. Elle provenait des colis de la mairie. Je l'ai fait tourner. J'ai entendu sa jolie mélodie et mon cœur s'est serré en pensant à l'arrivée prochaine de ma fille. Quel avenir allais-je pouvoir lui assurer ?

De deux à quatre

Maéva est enfin arrivée, le 28 mars 2005, à 9 h 45, avec deux semaines d'avance et après cinq heures de travail. Elle pesait 2,360 kilogrammes pour 46 centimètres. C'est d'une grande banalité, mais ce fut le plus beau jour de ma vie ! C'était un tout petit bébé. Elle a été mise en couveuse. Elle semblait si fragile. Je suis restée une semaine à l'hôpital avec elle, le temps qu'elle prenne un peu de poids. Je ne pouvais l'allaiter car je n'avais pas de lait. Du coup, à notre retour à la maison, le temps que je récupère un peu, c'était son père qui se levait la nuit. La première nuit, ils ont dormi dans les bras l'un de l'autre. Je les ai regardés, attendrie. Nous étions maintenant une vraie famille.

Financièrement, on soufflait un peu. La CAF virait sur notre compte environ 170 euros par mois pour Maéva, au titre de l'allocation de naissance. Celle-ci est normalement versée jusqu'au dernier mois précédant le troisième anniversaire de l'enfant. Grâce à elle, nous avons pu faire face à une partie des dépenses nécessaires à un nouveau-né, notamment le lait et les couches qui sont si chers !

Nous commencions à respirer un peu, quand, six mois après la naissance de ma fille, j'ai senti que j'accusais le coup de ces mois difficiles. J'étais épuisée physiquement et moralement. Je suis allée consulter. Après m'avoir auscultée, le médecin m'a prescrit une échographie. Je ne comprenais pas les raisons de cet examen. Éric m'a accompagnée au centre de radiographie. Et là, le ciel m'est tombé sur la tête. J'ai appris que j'étais enceinte de trois mois. Aucun symptôme. Aucune alerte. Je ne m'inquiétais pas de l'absence de mes règles. C'était pour moi lié à mon accouchement, à la fatigue et au stress engendré par nos problèmes d'argent. J'en ai été affolée. Comment allions-nous nous en sortir avec deux enfants ?

Le délai pour avorter était dépassé et, bien sûr, la réaction de nos proches, surtout du côté d'Éric, a été sans appel. Ils nous répétaient inlassablement : « Comment allez-vous faire face à toutes vos dépenses, avec si peu de ressources et tant de dettes ? » J'avais envie de hurler, que c'était trop tard, que j'étais enceinte et qu'il fallait faire avec. J'étais déjà horriblement angoissée et je me sentais suffisamment coupable.

Dix mois après Maéva, ma petite Océane venait au monde à l'hôpital de Poissy, le 27 janvier. Je me souviens précisément d'avoir eu très peur de perdre mon bébé. Je n'étais qu'à 30 semaines de grossesse, soit 6 mois et demi. Les médecins avaient tout fait pour retarder le moment de l'accouchement. Sans succès. Ma fille est née à 11 h 05. Elle était minuscule, pas plus grande qu'une pointure 42 homme : 40 centimètres pour 1,450 kilogramme. Elle était bouleversante de fragilité. Elle avait de beaux cheveux bruns et la peau hâlée, comme si elle venait de passer quelques jours au soleil. J'avais eu à peine le temps de l'embrasser que déjà la sage-femme l'emportait vers une couveuse pour l'emmener en réanimation néonatale. Son état était critique. Étrangement, je n'étais plus inquiète. Je sentais qu'elle allait se battre et que bientôt nous serions tous les quatre réunis à la maison. Ce jour-là, en la regardant, si menue dans sa couveuse, je me suis promis de tout faire pour que mes filles ne manquent jamais de rien. Certes, on avait d'importants problèmes financiers, mais une chose était certaine : on les aimait et on était prêts à déplacer des montagnes pour leur avenir.

Si je suis sortie le lendemain de mon accouchement, Océane, elle, est restée à la maternité un mois et demi. Tous les jours, nous allions la voir, lui parler, la sentir. J'éprouvais tellement de bonheur à être là, avec elle, que chaque retour à la maison était une épreuve. J'étais dévastée à l'idée de la savoir loin de moi alors même qu'elle était si fragile. C'était comme si je laissais une partie de moi-même, là-bas. Pour Maéva tout juste âgée d'un an, c'était difficile aussi. Il a fallu qu'elle rencontre une psychologue, afin de la préparer à faire connaissance avec sa petite sœur. La première fois fut magique. Maéva a touché la main d'Océane à travers la couveuse et leurs regards se sont fixés longuement. C'était très émouvant.

Quand Océane a pu rentrer à la maison, on s'est tous sentis soulagés. Enfin, elle était auprès de nous. Tout de suite, Maéva a pris son rôle de grande sœur très à cœur. Elle voulait déjà lui donner le biberon ! Une fois, elles se sont même endormies dans les bras l'une de l'autre.

Notre vie qui se délite

Nous étions quatre. Une jolie petite famille. Mais la plus douloureuse des épreuves m'attendait. Doucement, sans qu'on n'y prenne garde, sans bruit, notre couple s'était dégradé. Irrémédiablement. Moi, de mon côté, j'y restais désespérément sourde et aveugle. Deux personnes qui s'aimaient à ce point, selon moi, ne pouvaient que rester unies. C'était écrit. Nous étions un. Il était moi et je croyais être lui. C'était comme ça. Je l'aimais et toute ma vie était construite autour de lui et de nos enfants. Je ne pouvais admettre que nous étions en train de nous perdre, que nos chemins divergeaient, qu'on empruntait chacun une route différente. À mes yeux, c'était impensable. Je m'efforçais de croire que nos filles nous préserveraient du pire. Mais trop d'épreuves, trop de bouleversements ont eu raison de nous. À lutter pour survivre, pris au piège de nos difficultés, nous en avions oublié notre couple. Nous ne nous étions pas protégés des attaques de la vie. Nous n'avions pas pris le temps de nous reconstruire, de cimenter les pierres de notre histoire. L'amour ne suffit pas pour qu'un couple survive à l'arrivée si rapprochée de deux enfants, aux problèmes, aux dettes. Nous n'avons pas su nous préserver. Et sans crier gare notre édifice s'est mis à vaciller. Notre quotidien fut notre bourreau.

C'était dur cette vie à quatre dans un 35 mètres carrés. On dormait mal et peu. On avait perdu toute intimité. D'autant plus que Maéva faisait souvent ses nuits dans notre lit. Et quand l'une des filles s'endormait, l'autre se réveillait et réveillait sa sœur... Nos enfants avaient besoin d'espace, et nous aussi. Ma vie tournait autour d'elles. Je ne travaillais plus. Océane était bien trop petite. Deux enfants si jeunes, c'est un CDI à temps plein. Une surveillance de chaque instant. Cela ne s'arrête jamais. Tout ça ne laisse que peu de place au conjoint ou pour soi. Et je me laissais aller. Je ne devais pas être toujours très agréable à regarder. Je ne me faisais plus belle pour Éric. Évidemment je n'avais plus de vie sociale. Je restais claquemurée chez nous. Plus rien n'avait d'importance, à part mes enfants. En devenant maman, je m'étais transformée. Je n'étais plus une femme.

De son côté, Éric s'était mis à sortir seul. Et nous partagions de moins en moins de choses. Il me parlait, je l'écoutais à peine. Je m'éloignais de lui et lui me fuyait. Il avait son foot, ses copains, et parfois son boulot. Quand il était à la maison, il invitait toujours ses amis pour jouer à la Playstation. Tout était bon pour m'éviter. Nos rares échanges ne concernaient que l'argent. Encore l'argent et toujours l'argent. Dès que j'en recevais un peu, il voulait aussitôt en connaître le montant. Il était devenu mon percepteur personnel. Jusqu'au jour où nous n'avons plus été capables d'assurer le remboursement de nos dettes. Dorénavant nous étions quatre, et le plan du dossier de surendettement n'avait pas pris en compte ce changement de statut familial. Les créanciers l'ont dénoncé et il est devenu caduc. Les poursuites judiciaires, les interventions d'huissier ont repris leur cours...

Tous les deux nous nous sommes mis à chercher un travail. C'était un peu désespéré vu qu'Océane n'avait pas même un an. Nous n'avions pas le choix. Il fallait qu'au moins l'un de nous deux ait un salaire. Enfin, en janvier 2007, une éclaircie est venue me redonner espoir. Un nouveau magasin du centre commercial cherchait des vendeuses pour la période des soldes. Un CDD de deux semaines. J'ai immédiatement déposé mon CV et j'ai été embauchée. Cela n'a, bien sûr, pas réglé nos problèmes financiers, mais j'ai adoré cette trop brève expérience. Cela m'a fait du bien d'avoir une vie à moi, de voir autre chose ! J'étais épuisée par les nuits de mes filles, mais heureuse de reprendre le chemin d'une vie sociale et professionnelle. Et surtout, avec Éric, on retrouvait plaisir à être ensemble le soir chez nous.

Et puis. Et puis, le mois suivant, un triste mois de février, Éric a trouvé un emploi de vendeur dans un magasin de CD-DVD. Tout de suite, j'ai eu un très mauvais pressentiment. Cela s'est vérifié, et notre vie a basculé. Éric rentrait, mangeait, se couchait sans plus me regarder. Il s'allongeait dans le lit avec Maéva entre nous. Je me cognais à un mur de silence. C'était insupportable de voir mon couple se déliter, de sentir l'autre partir sans rien pouvoir faire, condamnée à rester là avec mes deux bébés.

L'échec

Dès ses premiers jours au travail, Éric m'avait confié y avoir rencontré une collègue très sympa qui « lui offrait des croissants ». J'avais la certitude qu'il me trompait avec elle. J'avais raison, d'ailleurs… Et, chaque jour, je m'enfonçais un peu plus. Je pleurais souvent, je ne supportais plus d'être enfermée, je faisais des crises de spasmophilie de plus en plus fréquentes. J'avais la peur verrouillée au ventre. Les jours défilaient, on vivait comme ça, lui fuyant ses responsabilités, moi recluse dans ma vie de mère de famille et dans l'angoisse de son départ. De sa fuite.

Jusqu'à ce tristement grotesque 1er avril 2007. C'était hier. C'est aujourd'hui. La plaie saigne toujours. Brutalement, il m'a dit : « Je retourne chez mes parents. Si tu veux, je te ramène chez ta mère. » Et il est parti. Dans le jargon juridique, cela s'appelle un « abandon de famille ». Ses parents ne se sont souciés ni de leurs petits-enfants ni de moi. Ils ont fermé les yeux. C'était tellement plus simple comme ça...

Je ne pouvais plus rester dans le studio, faute de moyens. De toute façon, avec les impayés de loyer accumulés, on allait être expulsé. J'ai rassemblé mes rares affaires et celles des filles, mis les meubles dans une cave louée 120 euros par mois, j'espérais pouvoir les récupérer vite. Et en attendant, je suis partie m'installer chez ma mère, avec mes deux filles. C'était ça ou la rue. J'étais anéantie. Fermer les yeux et dormir. Oui, dormir, dormir pendant longtemps. J'avais vingt-cinq ans, j'étais mère célibataire, surendettée, sans domicile fixe, sans emploi, et, je le croyais, sans futur.

Le plus dur, c'était l'échec. L'échec de ma vie de couple, de ma vie de famille, de ma vie tout court. Je me retournais sur mon passé. Je me repassais le film inlassablement. Je le jouais en noir et blanc, en couleurs, en accéléré, au ralenti. Je ne faisais que ça.. Parfois je n'arrivais plus à respirer tellement j'étais perdue. J'essayais d'imaginer ce qui se serait passé si j'avais emprunté un autre chemin, fait d'autres choix. J'essayais de comprendre comment moi qui voulais être une mère parfaite, une compagne idéale, une employée modèle, je m'étais plantée à ce point sur toute la ligne.

On peut me rétorquer que tout était de ma faute. Que je n'aurais pas dû faire des enfants sans avoir de rentrées financières, de situation professionnelle stable. La famille d'Éric me l'a d'ailleurs reproché, ainsi que nos soi-disant amis, et même certains travailleurs sociaux. Mais à nous deux on gagnait quand même plus de 1 500 euros par mois. On ne roulait pas sur l'or, c'est vrai, on n'avait peut-être pas le boulot de nos rêves, mais on avait de quoi vivre. Nous étions dans la moyenne des couples en France. Et puis, qu'est-ce que cela signifie ? Que, pour faire des enfants, il faut gagner des milliers d'euros ? Que seuls les cadres ont le droit d'être parents ? Ce n'est pas sérieux.

J'étais enceinte, j'étais amoureuse, je rêvais d'être maman, je travaillais, mon compagnon aussi, notre couple avait presque trois ans. Pourquoi alors ne pas fonder une famille ?

Et quand ce n'était pas l'argent qui était mis en cause, c'était notre âge. Trop jeunes pour quoi ? Ma génération fait des enfants sur le tard, parfois trop tard. Moi je voulais profiter de mes filles le plus longtemps possible, avoir la chance de connaître leurs propres enfants, et pourquoi pas les enfants de leurs enfants ? De toute façon, on est toujours trop jeune au regard de quelqu'un. Trop jeune pour être des parents, trop jeune pour s'aimer, trop jeune pour s'installer… Cette litanie était notre quotidien. On a lutté pour couper court aux commérages, aux critiques, pour que les gens arrêtent de parler sans savoir. Mais vous ne pouvez pas les empêcher de penser, de médire, de vous faire la leçon. C'est comme une petite musique qui jamais ne s'arrête. Et même si vous essayez d'avancer sans l'écouter, vous l'entendez partout. En vous promenant dans la rue, en faisant vos courses, en jouant au square… Comme ce jour où la directrice de l'école s'était exclamée en me regardant : « Bon, on n'attend plus que la maman de Maéva pour commencer. » Elle m'avait prise pour la baby-sitter. Ces petits riens avaient fini par nous ébranler, par nous ronger, par nous faire hésiter. Notre couple en a payé les frais.

Et puis, comment expliquer, comment vous expliquer que tout n'est pas si simple ? Que la vie parfois prend le pas sur tout. Et que l'on ne peut pas toujours tout raisonner. Que l'on fait aussi des choix sans vraiment y penser. Parce que réfléchir à avoir ou non un enfant est le meilleur moyen pour ne pas en faire. On se met à penser à tout un tas de choses, à leur avenir, aux si nombreux couples qui divorcent, au monde qui s'effrite, à la vie qui est si dure, à la crise qui jamais ne s'arrête… et rapidement on en conclut qu'il n'est pas raisonnable, pas décent de faire un enfant dans le monde d'aujourd'hui.

Allô Maman Bobo

J'ai donc débarqué chez ma mère avec mes valises. Pas facile de revenir les bras chargés de deux enfants, quand on est partie depuis plus de trois ans. Je ne pesais plus que 36 kilos, j'étais au bord de l'implosion. Je faisais jusqu'à trois crises de spasmophilie par jour. Je paniquais, comme ça, sans raison. Je ne pouvais plus respirer, je suffoquais, je tremblais, j'avais des fourmis dans tout le corps. Je devenais livide. Quand j'essayais de me mettre debout, mes jambes ne me portaient plus et je tombais. Je me sentais vide, comme si mon âme planait et que mon corps avait cessé d'exister. Parfois j'avais l'impression de mourir. Ces crises me paralysaient. Je n'osais plus sortir, je n'osais plus rien faire. J'avais besoin d'aide.

Mon retour chez ma mère s'est fait dans la douleur. Ma mère, dépassée par la situation, avait été maladroite : « Vous ne pouvez pas venir chez moi. Il n'y a pas de place. En plus, ta sœur passe son bac. » Ce n'est que lorsqu'elle a mesuré que nous étions à la rue qu'elle m'a ouvert sa porte, ses bras, son cœur. Mais, au fond de moi, j'ai gardé la blessure de sa première réaction. Je croyais lire dans son regard et dans celui de ma sœur qu'elles n'attendaient qu'une chose : que nous partions ! Je comprenais bien que notre présence chamboulait leur quotidien. Mes filles n'ayant pas de place en crèche, je les gardais toute la journée dans ce trois-pièces bien trop exigu pour nous toutes. Ma mère nous avait laissé sa chambre et s'était installée dans le salon pour laisser l'autre à Delphine. Maéva dormait dans mon lit, Océane dans un lit parapluie. Il fallait un peu slalomer mais j'en avais pris l'habitude.

Je mesurais combien, dans ces conditions, il était difficile pour ma sœur de réviser. Avec tristesse, je notais la distance qui s'était installée entre nous. Nous n'arrivions plus à communiquer, et ce d'autant plus qu'elle était elle-même, à cette époque, en souffrance. Face à ses difficultés, je me sentais impuissante. Elle me rejetait dès que je tentais de lui venir en aide. Régulièrement, elle s'en prenait à moi verbalement et parfois même physiquement. Elle me rendait la vie intenable. J'avais le sentiment de n'être qu'un poids pour ma famille. Un poids lourd avec mes deux filles. Et ma mère qui toujours prenait la défense de Delphine, en rajoutait : « C'est ta sœur qu'il faut protéger en priorité. » Peut-être. Peut-être pas. Je ne savais pas. Je savais juste que je n'avais d'alternative que de taire ma détresse, de ravaler ma peine, d'encaisser sans broncher.

Pourtant, j'étais sûre que ma mère ne voulait que mon bien, qu'elle souffrait terriblement de me voir si abattue, si démunie. Je crois qu'à sa manière elle tentait de me réveiller, mais ses questions perpétuelles, sa façon de ne jamais me laisser de répit me brisaient le souffle. Elle, comme ma sœur, me demandaient inlassablement : « Tu en es où ? », « Qu'est-ce que tu as fait aujourd'hui ? Des démarches pour trouver un emploi ? Un appartement ? Pourquoi n'es-tu pas allée à la mairie, à l'ANPE... ? » Ma vie était sous surveillance.

Et vivre chez sa mère, quand on est soi-même une mère, mon Dieu, que c'est compliqué ! Forcément, elle savait mieux que moi ce qui était bon pour mes enfants, comment je devais les élever... Impossible de trouver ma place de mère, de sœur, de fille ; d'ailleurs, plus personne ne trouvait sa place dans la famille. Ensemble, nous avons même essayé une thérapie familiale, sans grand succès. Et nous avons commencé à devenir dingues, à vivre les unes sur les autres, en vase clos, dans cet espace trop exigu.

Déjà, avec Éric, nous vivions à l'étroit. On dit souvent que, tant que les gens s'aiment, qu'importent leurs conditions de vie ! « Vivre d'amour et d'eau fraîche » ! Ce sont des phrases toutes faites que l'on assène sans même penser à leur signification. Bien sûr, c'est faux, tout juste digne de romans à l'eau de rose. D'autant plus que dans nos sociétés, tout est fait pour vous pousser à consommer, comme si consommer c'était être de bons parents. Je me souviens d'un article qui dénonçait la dangerosité de dormir avec ses enfants et qui conseillait de leur apprendre à ne pas s'introduire dans la chambre parentale. Encore faut-il avoir une chambre… Tous les jours on ne cesse de nous alerter sur ce qu'il faut faire ou ne pas faire : « Ne dormez pas avec vos enfants, donnez-leur des produits frais, des fruits, des légumes cinq fois par jour, de la viande au moins quatre fois par semaine, du poisson autant que possible… Investissez dans ces livres, ces cahiers hors de prix, ces DVD inutiles, si vous voulez qu'ils réussissent dans leur vie ». Sinon… Sinon, c'est simple, vous êtes des parents indignes, uniquement parce que vous n'avez pas les moyens. Dans ma situation c'était très culpabilisant. J'avais l'impression de vivre dans un monde parallèle. De ne pas être normale…

Tourner la page

Longtemps j'ai été incapable de tourner la page, de cicatriser la plaie qui me faisait souffrir à chaque respiration. À chaque pas, je sentais Éric à mes côtés. Au début de notre séparation, des amis m'ont emmenée à la foire du Trône : une réminiscence de merveilleuses sorties avec Éric à la fête des Loges, d'où l'on revenait les bras chargés de peluches. Au fond de moi, j'espérais qu'Éric allait surgir de nulle part, qu'il me prendrait par la main pour repartir ensemble, unis pour la vie. Je l'attendais. Je l'ai attendu longtemps. Il n'est jamais revenu.

En revanche, il a réussi à tout détruire. Notre séparation a été très violente. Quand il m'a laissée avec les filles et quelques valises, il ne nous restait en partage que notre dossier de surendettement devenu caduc, un avis d'expulsion pour non-paiement des loyers, et beaucoup de rancœur. Très vite, ma mère m'a conseillé de prendre un avocat, ce qui, bien sûr, a beaucoup inquiété Éric. Il n'a pas tardé à se manifester. Juste avant qu'on ne rende les clefs du studio, il est passé récupérer tout le dossier, histoire d'éviter que je m'en serve contre lui. Il a même emporté mon diplôme du bac ! Il est vrai que la plupart de ces documents étaient accablants : ces dettes, ces impayés, ces avis d'huissier… n'étaient que l'illustration de son irresponsabilité. Mais en dérobant ce dossier, il a fait de ma vie un cauchemar.

La comptabilité n'a jamais été mon fort. Je n'y comprends pour ainsi dire rien. Là, il me fallait tout mettre à plat. Sans aucun document, c'était impossible. C'était d'autant plus difficile qu'Éric et moi avions cessé tout dialogue. Pourtant, nous devions acquitter la majorité de nos dettes ensemble. Il nous fallait trouver un moyen d'être solidaires et de se répartir les remboursements, sous peine d'alourdir encore notre passif. Cela devenait très urgent. Conscients de la gravité de la situation, les parents d'Éric ont organisé une rencontre de la dernière chance. Je m'en souviens, ils ont été impressionnés que j'accepte de venir. Ils m'ont dit : « C'est très courageux de ta part, alors que tu seras seule contre nous trois. » Cela n'a servi à rien. Leur unique souci étant de protéger leur fils, ils ont fait bloc autour de lui. Nous sommes restés tous cantonnés sur nos positions. Je devais m'en sortir seule.

Le maquis des rats

Ma mère avait pris contact avec mon avocat à la permanence juridique de Saint-Germain-en-Laye. Il défendait plutôt les propriétaires mais, spontanément, il lui a livré de bons conseils. Il est devenu alors notre « sauveur ». Deux de nos procédures en cours (régler la garde et la pension des filles, trouver une issue à mes dettes locatives) étaient en ses mains. Ensemble nous avons tenté de démêler ma situation financière. C'était un véritable labyrinthe. Je n'avais pour unique fil qu'une copie incomplète du dossier de surendettement que m'avait laissée Eric et quelques papiers d'agences de recouvrement. Car une partie de nos dettes avaient été rachetées ou étaient sous-traitées par des organismes spécialisés. Charge à eux d'en obtenir le remboursement. Et eux sont sans pitié. Leur gestion est très opaque. Au gré des reventes des créances, les noms de mes débiteurs changeaient régulièrement, d'où l'impossibilité de comprendre à quoi correspondaient mes dettes. Je n'ai pas cessé d'essayer de les contacter par téléphone. Impossible de joindre quelqu'un, ou alors ce n'était jamais le bon service. Du coup je multipliais les courriers. La plupart d'entre eux restaient sans réponse. Si, par chance, j'en recevais une, elle était tellement évasive que j'étais encore plus perdue. Parfois, on me dirigeait vers le précédent organisme de recouvrement, qui, bien sûr, ne se souvenait de rien et me renvoyait lui-même vers mon premier débiteur. Là, pour avoir des informations, il fallait justifier d'un numéro de contrat… qui n'était plus en ma possession.

Pour certains créanciers, les intérêts continuaient de courir. Ils étaient à ma charge, tout comme les frais de procédure. Ces usuriers peu pressés de répondre à mes réclamations gagnaient du temps et de l'argent ! Alors, pour éviter des frais supplémentaires, je payais, souvent les yeux fermés, sans même connaître précisément la durée et le montant du remboursement. À défaut, je recevais sans tarder une missive du genre : « *Si vous souhaitez éviter la mise en place des mesures d'exécution de cette décision, nous vous demandons de nous soumettre un plan d'apurement de votre dette accompagné des justificatifs de vos charges et revenus actuels et d'un premier acompte de 150 euros. À la réception de votre envoi, nous ne manquerons pas de vous recontacter. Sans réponse, nous serons contraints de reprendre les poursuites par voie de saisie des rémunérations.* » Le montant était inscrit sans identification de l'objet de la dette. Chaque document était truffé d'un jargon compliqué à dessein, histoire de me perdre, de m'obliger à rembourser sans broncher.

Exemple : mes factures téléphoniques. Cinq factures impayées se sont transformées en une dette de 1 489,71 euros ! Après des mois et des mois, pour ne pas dire des années de réclamations, j'ai fini par obtenir enfin une réponse. Ce montant correspondait au total de quatre factures d'environ 60 euros chacune, plus une de 1 140,03 euros ! Je suis certes bavarde, mais tout de même ! Ce montant exorbitant s'expliquait par la non-résiliation de mon abonnement. Dans un de ses courriers, l'agence de recouvrement stipulait : « *Après examen de votre dossier, la totalité de vos factures est bien due. C'est de plein droit que Orange France exige le paiement des redevances d'abonnement en stricte application des conditions générales à savoir la facturation des forfaits jusqu'au terme du contrat.* » Puis, elle rappelait les articles 18 et 19 de mon contrat : « *L'abonné peut mettre fin à son contrat par simple appel ou lettre recommandée avec AR à son service client Orange. Toutefois lorsque l'abonné résilie avant la fin de la période initiale prévue à l'article 7 et sauf application des dispositions de l'article 19.3 les redevances d'abonnement restant à courir jusqu'à l'expiration de cette période deviennent immédiatement exigibles.* » Et le courrier concluait par : « *Je vous informe par la présente qu'une assignation en paiement auprès du tribunal compétent est en cours.* » Avec bien sûr, un nota bene : « *Frais, pénalités et autres conséquences vous incomberont…* »

Les bras m'en sont tombés ! Je payais pour un abonnement résilié. Un abonnement que je n'avais même pas utilisé ! Et, à cause de ces factures impayées, j'étais inscrite dans le fichier GIE PREVENTEL, accessible à tous les opérateurs de téléphone. Impossible d'obtenir un nouvel abonnement. Pendant longtemps, jusqu'à ce que ma mère accepte de m'ouvrir une ligne à son nom, j'ai été condamnée aux téléphones portables à carte. Une autre arnaque. C'est terriblement plus cher. Mais je n'avais pas d'autres solutions.

En y regardant de plus près, on s'est aperçu de terrifiantes injustices. Un de mes créditeurs, l'agence de location du studio, refusait de rendre les 980 euros de dépôt de garantie, sous prétexte qu'il avait été utilisé pour régler certains loyers, et alors même que le jugement stipulait qu'il nous revenait. Encore faut-il savoir lire les arrêtés des tribunaux et les courriers envoyés par les organismes de recouvrement ou les créditeurs… Là encore, le montant exact que je devais restait flou. L'agence n'était pas capable de détailler les loyers dus – impossible de mon côté de m'y retrouver, car nous n'avions jamais reçu de quittance. Elle tenait compte d'une augmentation de près de 150 euros en deux ans, qui était incompréhensible. Selon l'Association de défense pour le logement, le loyer ne peut fluctuer d'un mois sur l'autre. Et cette majoration ne pouvait être imputée aux charges puisque leur régularisation ne doit se faire qu'une fois par an et apparaître clairement à part. D'ailleurs, les charges seules ne pouvaient expliquer un tel écart…

Bien plus grave, beaucoup plus grave : les chèques émis par ma mère et les paiements effectués par Éric n'avaient pas tous été enregistrés au tableau des remboursements. Résultat : au terme d'un an de procédure et de recherche de justificatifs, on s'est rendu compte que nous avions totalement remboursé notre dette à un de nos créditeurs, et même au-delà. Malgré tout, la machine administrative à broyer poursuivait ses avis de paiement. Il fallait oser le faire… Nous sommes reparties une nouvelle fois à la chasse aux justificatifs ! Trois mois plus tard, j'ai reçu une lettre laconique : mes dettes étaient bien soldées ! Mais, selon nos calculs, nous avions remboursé 700 euros de trop.

Les créditeurs profitent de ces situations précaires. Un système pervers et dangereux qui vous consume à petit feu. À moins d'engager une procédure judiciaire risquée, car elle peut se révéler plus coûteuse que la dette, vous êtes piégé ! Et surtout, vous êtes isolé, usé, épuisé, vous doutez de vous, de vos comptes, de vos conseils, du monde entier. Face au mépris, à l'arrogance, aux humiliations, vous abandonnez. Vous n'osez plus faire valoir vos droits. Et là, c'est fini, vous savez que vous avez perdu. Vous payez sans même rien demander.

Payer sans rien demander

J'étais bombardée quotidiennement de paperasses incompréhensibles. Pour obtenir le moindre renseignement, je passais par des opérateurs dont les communications téléphoniques étaient surtaxées. À chaque appel, je fixais ma montre avec angoisse avant de me trouver finalement dirigée vers un interlocuteur incapable de me répondre. Des situations inextricables. Sans mon avocat et le soutien de ma mère, c'est simple, je n'y serais jamais arrivée. Et encore ! Même eux s'y perdaient

Aux dettes, je devais assumer ma défense à un coût pour moi prohibitif. Mon avocat nous avait assuré faire un « gros effort » sur ses tarifs : 143,50 euros par mois, soit une somme forfaitaire de 2 400 euros ! C'était un montant colossal au regard de ma situation. Mais comment faire autrement ? Une lettre signée par un avocat n'a pas le même poids qu'un simple courrier. Mes réclamations étaient moins ignorées.

Et malgré tout, malgré mon avocat, malgré nos courriers répétés, malgré nos demandes d'information, impossible d'acquitter toutes mes dettes. Certaines parce que je ne les connaissais même pas, d'autres parce que ni ma mère ni moi ne pouvions les payer dans leur totalité... Les avis d'huissiers, les convocations au tribunal s'accumulaient. De son côté, Éric faisait souvent le mort. Il avait été condamné à 450 euros d'amende pour non-présentation au tribunal dans l'affaire de nos loyers impayés. Or, nous restions solidaires de nos dettes : quand l'un de nous deux ne remboursait pas sa partie, l'infernale machine des intérêts continuait à augmenter notre passif global. Les créanciers ne prenaient pas en compte les défaillances de l'un. Le seul moyen d'y échapper aurait été que je me retourne contre l'autre débiteur. Mais je préférais payer que d'assigner Éric.

J'étais acculée, dos au mur, et malgré toute la bonne volonté du monde, je ne pouvais pas faire face. Je découvrais l'autre réalité du système bancaire et des organismes financiers qui n'ont pas une once de compassion humaine. Leur métier est de gagner de l'argent et tout concourt à leur profit : frais de virement, pénalités de retard de paiement, frais de recouvrement, etc.

Moralité, plus on est pauvre, plus on le devient ! C'est une spirale infernale. Ne pas pouvoir s'acquitter de ses dettes, être dans le rouge, est hors de prix. En sept mois, les frais bancaires d'Éric se sont élevés à 1 169,36 euros ; et les miens représentaient 969,23 euros en dix mois ! Les banques sont les nouvelles reines du système : pour quinze jours de découvert, la mienne m'avait facturé 191,10 euros pour des « rejets de prélèvements » et des « incidents de fonctionnement ». Elles cumulent tous les pouvoirs dont, le plus dramatique, celui de vous ficher à la Banque de France. Là c'est le cauchemar : plus de moyens de paiement, de moyens d'être payé, ou de recevoir des allocations. Impossible ensuite de trouver une banque qui vous accepte. Même la Poste, devenue Banque postale, refuse les pauvres. Continuer à vivre, à travailler sans compte en banque, sans liquidités est tout simplement impossible. Vous êtes perdu.

L'enfer des aides

Chaque mois, je devais rembourser environ 500 euros pour couvrir mes dettes. Ce n'était même pas ce que me versait la CAF qui était mon seul revenu. Par chance, comme toujours, ma mère en prenait à sa charge la plus grande partie. Non sans difficulté. Avec son salaire de 2 000 euros, elle faisait vivre ma sœur, ma grand-mère et ma tante ! Autant dire que ses fins de mois étaient difficiles. De mon côté, je vivais des aides de l'État. Un système d'allocations assez opaque et que je soupçonne d'être volontairement complexe. Il est complètement morcelé et organisé autour de catégories prédéterminées. Un cas, une case. Vous êtes comme ci, alors vous pouvez demander ceci mais pas cela. Vous pouvez accéder à différentes aides éparpillées sous différentes appellations… mais, bien sûr, vous ne le savez pas. Charge à vous de comprendre ce système et de vous y aventurer. Vous vous retrouvez donc généralement avec moins que le minimum vital, simplement parce que vous manquez de renseignements. C'est d'autant plus criant si votre cas est spécifique, si vous avez besoin d'une aide plus adaptée, plus personnalisée. L'administration ne connaît pas la spécificité sociale ! C'est à vous de découvrir par vos propres moyens à quels droits vous avez accès. Cela vous oblige donc à passer votre temps à tendre la main, à faire l'aumône.

Face à la bureaucratie, aux dédales des services sociaux, je me suis toujours sentie impuissante. Je n'osais pas demander. Les services sociaux en profitent aussi : cela leur permet de restreindre les allocations et de préserver leur budget. On sait tous que les caisses de l'État sont vides, on ne cesse de nous le répéter ! Ce système est tellement mal fichu, tellement complexe, que parfois ceux qui sont en charge s'y perdent eux-mêmes. Mon interlocutrice aux Assedic m'avait assurée que je n'avais droit à rien, même après avoir travaillé comme hôtesse d'accueil. Un an plus tard, à partir du même dossier, une de ses collègues a déterminé que les Assedic me devaient 2 000 euros ! Qui sait ce que j'aurais obtenu l'année suivante ? C'est à se demander si ce n'est pas à la tête du client !

En revanche, il faut être très prudent. À la moindre erreur en votre faveur, c'est-à-dire si vous avez obtenu une aide à laquelle finalement vous n'aviez pas droit, si vous avez perçu trop d'argent, tout comme si, pour une raison quelconque, vous n'avez pas rempli dans les délais la déclaration trimestrielle, votre dossier est immédiatement bloqué. Sa révision peut prendre des semaines, des mois, pendant lesquels votre allocation vous est retirée. Mais pour récupérer ce qu'ils estiment être un trop-perçu, ils ponctionnent directement vos allocations ou vos comptes ! À leurs yeux, vous êtes toujours présumé redevable : or souvent il vous est impossible de prouver votre bonne foi.

À chaque démarche, j'avais l'impression de me heurter au mépris des employés des services sociaux. Pourtant, mes demandes étaient légitimes : je recevais moins d'allocations que ce à quoi j'avais droit. Lassée de ces humiliations et allers-retours inutiles, je me retranchais vers les serveurs téléphoniques. Et là aussi les appels étaient surtaxés. Le coût de la communication à la CAF était de 0,112 centime d'euro la première minute, puis 0,09 ensuite. Combien de fois ai-je entendu : « Effectivement, il y a un problème sur votre dossier. Je vais m'en occuper. Je vous recontacte rapidement. » Rapidement, cela peut vouloir dire jamais. Et quand bien même on vous rappelle sous dix jours, ce sont dix jours sans argent. Retour à la case départ : pas d'autre solution que celle de prendre mes deux filles sous le bras et de me rendre une énième fois directement à la CAF. Je mettais près d'une heure pour y aller. L'attente est longue, les enfants s'énervaient. Tant bien que mal, je tentais de garder mon calme. Devant l'exaspération de l'agent social qui a vu défiler des dizaines de personnes, qui vous affirme maîtriser le dossier, mais qui ne sait pas vous fournir des explications intelligibles, vous restez sans voix. Généralement, je faisais demi-tour. Bredouille.

Le labyrinthe est sans issue

Toutes les deux semaines, je rencontrais mon assistante sociale. Je devais lui justifier ma recherche d'emploi en lui fournissant les copies des lettres de motivation, des CV envoyés. Elle martelait sans cesse la même phrase : « Avec un travail tout pourra se débloquer. » Comme si c'était simple ! Moi aussi, je n'aimais pas être assistée. Je voulais m'assumer, assumer mes filles, gagner mon indépendance, retrouver confiance en moi. Sans le vouloir, son discours me renvoyait une image négative de moi-même.

Je rêvais de trouver un poste de vendeuse. Je faisais le siège de l'ANPE, je déposais mon CV dans les magasins, et je consultais les petites annonces sur l'internet de ma mère. Mais comment trouver un emploi avec deux enfants en bas âge dont il fallait bien que je m'occupe ? Je tournais en rond dans un labyrinthe sans issue. Parfois je croyais en voir une, mais c'était une impasse. Une fois, après un entretien, ma candidature a été retenue dans un supermarché : un mi-temps de caissière. C'était parfait. La responsable était même flexible sur les horaires pour que je puisse aller chercher mes filles à la garderie. J'avais déjà fait de multiples demandes à la mairie, auprès des services de la petite enfance, pour obtenir des places en crèche. On m'avait répondu qu'il fallait d'abord un emploi, car, tant que je n'en avais pas, j'étais disponible pour garder mes filles. Avec la promesse d'un travail en poche, j'y suis retournée. Pour mettre toutes les chances de mon côté, j'ai aussi fait directement le tour des crèches. Dans chacune, j'ai rempli un dossier et rencontré la responsable. Cette fois-ci, on n'a pas dit qu'il fallait que je travaille. On m'a simplement rétorqué que l'année avait déjà commencé et que c'était complet...

J'ai donc été contrainte de renoncer à ce travail de caissière. Et j'ai compris que même si, par bonheur, je dénichais enfin un emploi, je ne pourrais pas honorer mon contrat, car le temps que les services de la petite enfance se mettent en branle et trouvent une solution pour faire garder mes enfants, il serait trop tard ! Or sans l'aide de l'État, je ne pouvais pas y arriver. Car jamais je ne gagnerais assez d'argent pour payer une nounou.

Le simple fait d'avoir toujours mes deux enfants sous le bras pour chercher un travail rendait la tâche impossible. Je n'avais d'autre choix que de les emmener avec moi. Une des premières fois où je m'étais rendue à l'ANPE avec mes filles, un employé avait refusé de me recevoir. Je lui avais alors expliqué mes problèmes de garde mais il n'avait rien voulu entendre. Pour lui c'était évident : « Mais vous n'avez qu'à vous arranger avec votre famille, des voisins… » J'avais envie de pleurer, de m'effondrer devant tant de méchanceté et d'incompréhension. Je me rappelle avoir hurlé : « Vous n'avez qu'à… vous n'avez qu'à…

Comme si c'était simple », avec le sentiment qu'on me prenait pour une folle, que je me heurtais à un mur. Et je m'étais retrouvée sur le trottoir. Démunie.

Maman célibataire

S'occuper des filles était déjà un travail à temps complet. Un temps plein harassant. Elles n'avaient qu'un et deux ans. Océane se réveillait toutes les deux ou trois heures. Comment voulez-vous qu'elles n'aient pas été angoissées en vivant dans cet environnement ? Je crois qu'instinctivement elles comprenaient que notre vie, à cinq dans cet appartement, avait quelque chose d'anormal. Elles me voyaient parfois en conflit avec ma mère, avec ma sœur. Je n'arrivais pas toujours à leur cacher mes larmes. Elles aussi devaient perdre confiance en moi. Être mère est le plus beau, mais aussi le plus difficile métier au monde. Il faut tout assumer : les courses, les repas, les lessives, ranger leur chambre, les préparer, les nourrir, leur donner le bain… Et ensuite il faudrait être aussi suffisamment en forme pour jouer avec elles, leur lire des histoires, les écouter raconter leur journée, essayer de les séparer quand elles se disputent, être juste dans ses décisions… Et, dans le même temps, accomplir toutes les démarches pour sortir de l'enfer.

Quand je n'avais pas le moral, je contemplais la vue du balcon. Elle était magnifique, surtout au printemps quand les arbres sont en fleurs. Au loin je scrutais le quartier du Bel Air, l'immense terrain de foot, et la nuit les lumières des villes alentour. En me penchant, je pouvais voir la pointe de la tour Eiffel. Et quand la fête des Loges s'installait, j'apercevais même la grande roue. À d'autres moments, je visionnais en boucle des épisodes de « Joséphine, ange gardien ». De voir ce petit bout de femme s'agiter autant, soulever des montagnes, me redonnait du courage. Je n'avais pas d'autre dérivatif. Afin que Delphine puisse réviser au calme, je devais m'absenter le plus souvent possible. Ce n'était pas toujours évident. Surtout quand il pleuvait : je ne savais où aller avec les filles, je croyais lire de la désapprobation dans le regard des passants de les sortir par ce temps. J'avais le sentiment d'être une paria partout où je me trouvais.

Car ceux qui m'acceptaient n'étaient pas si nombreux. Heureusement, il y avait Laurence et son mari, qui habitaient dans le même immeuble. Laurence était très accueillante. En blaguant, elle me disait qu'elle allait m'inscrire à l'émission de Julien Courbet pour régler mes histoires de dettes. Je me surprenais à en rire. Un jour, en faisant mes courses, j'ai aussi retrouvé Alexandra, une amie du collège. Elle m'a toujours gardé sa porte ouverte. Elle savait me redonner le sourire. Nous avions toutes deux connu une douloureuse séparation. Cela nous rapprochait. Elle me disait : « Ne t'inquiète pas, la vie continue, tu rencontreras quelqu'un d'autre. Ou alors ton ex reviendra frapper à ta porte, et peut-être que c'est toi qui refuseras de lui ouvrir ! » Elle me redonnait espoir. C'était ce qui me manquait le plus. Elle m'encourageait à me battre. J'avais besoin d'évacuer ce que je portais en moi depuis trop longtemps.

Elle m'a poussée à aller voir une psychologue, la sienne qui, dès la première visite, m'a redonné confiance en moi en m'assurant que j'allais y arriver. Cela m'a profondément touchée. Puis Alexandra a finalement rencontré un autre homme et elle est tombée enceinte. Je lui prodiguais des conseils, je me sentais enfin utile. Cela me permettait de penser à autre chose, plus gaie, à l'arrivée d'un nouveau bébé. La vie continuait.

Par chance, un jour, dans la salle d'attente de la CAF, j'ai trouvé un prospectus sur « L'aide aux mères et aux familles à domicile ». Cette association aide les mamans qui ont besoin de soutien. Je n'avais qu'un minimum à payer à l'association (entre 30 et 40 euros par mois) et la CAF prenait en charge le reste. J'étais si épuisée que je ne savais plus par où commencer. Tout était urgent : la garde de mes filles, la recherche d'un travail, d'un appartement, démêler ma situation financière… Trois femmes différentes sont venues veiller sur les filles, m'épauler pour les démarches administratives et me soulager des tâches ménagères. L'une d'entre elles, Alexandra, n'avait que deux ans de plus que moi et avait aussi connu des moments difficiles. Elle est arrivée au bon moment, je me suis sentie moins seule, et petit à petit, j'ai mieux compris les raisons de mon isolement. Au cours de ma vie avec Éric, je m'étais volontairement coupée du reste du monde. Lui seul comptait. J'étais si fière d'avoir mon homme, moi qui viens d'une famille sans homme, que tout ce qu'il disait était parole d'Évangile. Et, bien sûr, lui aimait être le boss. En tout cas, il en jouait. Ou du moins il ne se préoccupait pas de mon épanouissement, comme si, à ses yeux, l'avoir, lui, me suffisait. Mes proches avaient vite compris que ça n'allait pas, mais je ne supportais aucune critique. Et, à force de sacrifices pour Éric, j'avais perdu mes amis, et je m'étais perdue. Je ne savais plus qui j'étais, ce que je voulais. Je n'avais plus de désirs. Je n'étais plus Nelly.

Aujourd'hui j'ai compris qu'agir ainsi, c'est sacrifier sa liberté. Car la menace de l'abandon non seulement plane au-dessus de votre tête, mais en plus, si elle se concrétise, vous êtes alors totalement démunie. En partant, Éric m'avait dit : « Si je t'avais demandé de sauter d'un pont, tu l'aurais fait. » C'était vrai. Naïvement, je croyais qu'en agissant ainsi, je le garderais. Et il me l'a fait doublement payer : en me quittant malgré tout, et en ne me laissant rien.

Envers et contre tous

Éric ne prenait pas ses responsabilités. Je ne pouvais compter ni sur lui ni sur sa famille. Ses parents n'acceptaient de garder Maéva et Océane qu'en présence de leur fils. Autant dire qu'ils les voyaient très peu. Un week-end sur deux au maximum. Alors j'avais les filles tous les jours. Sans répit. Tous les matins, elles se réveillaient avec moi. Éric me répétait que c'était moi qui les avais voulues, que c'était donc à moi de les assumer. C'était dur d'entendre de tels propos. Je savais cependant qu'il ne les pensait pas, qu'il cherchait juste à se déculpabiliser. Mais autour de moi, beaucoup partageaient la même opinion : j'étais seule coupable d'être tombée enceinte, puis d'avoir mal géré l'argent du ménage... Ou alors d'avoir été assez bête pour ne pas avoir compris quel genre d'homme était vraiment mon compagnon ! J'aurais dû m'apercevoir qu'on ne pouvait pas compter sur lui et refuser de lui obéir. En gros, j'aurai dû deviner et réagir ! Lire en notre avenir…

J'avais donc tort aux yeux de tous. Et la société valide ce discours. Car elle aussi implicitement cautionne l'irresponsabilité des hommes. Prenons la pension alimentaire. Un exemple d'injustice entre hommes et femmes, entre pères et mères. Avec Éric, nous sommes passés devant le tribunal, en juillet 2008, un an et demi après notre séparation. La juge m'a alors à peine écoutée, comme si je n'existais pas. Éric avait déclaré gagner 1 200 euros par mois. Au regard de ses rentrées d'argent, le tribunal l'a assigné à me verser 200 euros par mois, estimant que c'était le maximum de ce qu'il pouvait payer. Éric vivait chez ses parents, il n'avait pas d'autre charge qu'une saisie sur salaire de 150 euros pour rembourser des dettes… À l'époque, je travaillais dans la boutique de Saint-Germain, j'avais déclaré 500 euros, plus les prestations sociales mais moins un loyer de 300 euros. J'étais donc beaucoup moins riche que lui. Imposer à Éric de ne verser que 200 euros par mois de pension alimentaire pour faire vivre deux enfants, cela sous-entendait que l'on peut faire vivre une famille de trois personnes avec 400 euros par mois ? Qui peut vivre aujourd'hui, même seul, avec 400 euros ? La loi fixe le montant de la pension en fonction des revenus, et à charge de la mère de se débrouiller, de trouver le complément si nécessaire ! Donc les galères, les aides, les retards dans les paiements, les imprévus… c'était pour moi. Est-il seulement venu à l'esprit de la juge que pour travailler j'avais besoin d'une garde pour mes filles ? En connaît-elle au moins le coût ? Ce système est complètement dingue…

D'un autre côté, mon assistante sociale me jugeait trop fragile pour m'occuper de mes enfants seule. Elle me répétait : « Chez votre mère, ça ne va pas. Pour vos filles, ce n'est pas bien. » J'interprétais avec effroi son message. Je vivais désormais dans la terreur qu'on me retire mes enfants. À force d'entendre que je n'y arriverais pas, je finissais par être persuadée que j'étais une incapable, et donc aussi incapable d'être une bonne mère. Et que je resterais à vie une assistée. J'ai passé des mois à dépenser mon énergie à leur prouver le contraire.

Heureusement Alexandra, la jeune femme de l'Aide aux mères, s'est battue à mon côté pour convaincre les services sociaux que je savais parfaitement me débrouiller seule et que l'urgence était qu'on me soutienne dans la quête d'un logement.

L'impossible quête

J'avais absolument besoin d'un chez-moi, pour y reconstruire ma vie. Mais trouver un appartement sans revenu, c'est mission impossible. C'est un peu le serpent qui se mord la queue : pour avoir un appartement, il faut un emploi ; pour avoir un emploi, il faut une garde pour les filles ; et, pour obtenir cette garde, il faut un emploi !

Pourtant, tout passe d'abord par le logement, ce sésame vers l'indépendance. Je m'étais donc mise en quête de l'impossible. Le service de l'action sociale de la mairie m'avait communiqué la liste des bailleurs sociaux. Il y en avait huit. Hormis trois, les autres ne proposaient pas d'attributions directes. Il fallait passer par la mairie ou la préfecture. J'avais déjà déposé ma demande de logement, au temps d'Éric, le 15 juin 2004. Un mois et demi plus tard, j'avais obtenu un numéro d'inscription départemental. En aucun cas, ce n'était la garantie d'obtenir un logement, à court, moyen ou même long terme… La preuve : cela faisait maintenant quatre ans que j'avais déposé mon dossier. Sans résultat. Pourtant, chaque année, je prenais soin de le renouveler. Car j'avais compris qu'à même niveau de misère, ceux inscrits depuis le plus longtemps sont prioritaires. J'ai alors écrit à nouveau aux trois bailleurs indépendants de nombreux courriers. Sans plus de succès.

À défaut d'un toit fixe, j'allais quand même recevoir une bonne nouvelle. La mairie de Saint-Germain-en-Laye m'informait qu'en septembre Maéva serait admise en maternelle. Elle n'avait que deux ans et demi, mais l'établissement comportait quatre classes, dont une pour les « tout-petits ». Quel soulagement ! Quel espoir ! Restait Océane. J'ai continué à faire le siège des services à la petite enfance pour une place en crèche… Rien à faire. Toujours la même réponse : « Il vous faut un emploi. » En désespoir de cause, je me suis rendue à la permanence du député-maire. « Votre situation n'est pas assez dramatique pour rencontrer M. le maire », m'a-t-on brutalement rétorqué. Je suis rentrée effondrée.

Le lendemain, avec l'aide de ma mère, je me suis armée de courage pour lui écrire. Miracle, peu de temps après, j'ai reçu une réponse positive. Océane serait admise en crèche pour une durée de trois mois, dès qu'il y aurait de la place. C'était déjà un début. La durée pourrait bien sûr être prolongée si j'obtenais un emploi. Même si je m'imaginais bien que trois mois c'était court, j'étais contente. Ça allait me faire du bien. Et aux filles aussi.

La rentrée

Finalement septembre est arrivé. Une nouvelle année commençait. Capital pour les filles : Océane faisait son entrée en crèche, et Maéva en maternelle. Comme j'étais, selon les propres termes de l'ANPE, « activement à la recherche d'un emploi », je bénéficiais, pour six mois renouvelables, de l'aide au retour à l'emploi. Elle s'élevait à un peu moins de 700 euros par mois. Une somme importante qui me permettait de participer aux frais de ma mère qui nous faisait vivre depuis des mois et remboursait mes dettes. Tout allait mieux.

Immédiatement je me suis lancée à corps perdu dans la recherche d'un emploi. Même si cela peut choquer au regard de ma situation, doucement j'ai aussi pris du temps pour moi. J'en avais besoin. Avec quelques amis, j'ai renoué avec une vie sociale en sortant un peu. L'espace d'une soirée, je redevenais Nelly, l'amie, la confidente, mais aussi la femme. Je n'étais plus juste une maman célibataire et surendettée. C'était essentiel ça aussi. Dans la galère, on peut perdre sa dignité. Et sa féminité. On n'a plus le temps de s'occuper de soi, de se faire belle, d'essayer de plaire. Là je retrouvais ce plaisir. Avant de sortir, je me préparais longuement. Je rencontrais enfin des personnes qui me renvoyaient une image positive de moi.

Mes vrais amis ne sont pas nombreux, je les compte sur les doigts de la main. Ces amis-là ne me jugent pas, ils sont toujours là pour moi à n'importe quelle heure, de jour comme de nuit. Ils m'ont appris qu'il fallait laisser du temps au temps. Ils m'ont écoutée, conseillée, épaulée. Ils m'ont permis de réaliser que j'étais capable d'entreprendre des choses. Tous m'ont aidée à me relever quand je tombais.

D'autres n'étaient que de passage. Mais ils ont aussi compté. Comme Sébastien, ce père de famille qui m'a offert le manteau que je portais lors de ma première visite à l'Arbre à pain, l'épicerie sociale. Il avait cinq ans de plus que moi. Divorcé, il vivait avec ses enfants une semaine sur deux. En leur compagnie, il nous a fait découvrir, à mes filles et moi, le Jardin d'acclimatation et nous a offert de nombreux tours de manège. Qu'est-ce que les petites étaient contentes ! Il était très attentionné, très gentil. Maintenant, je crois qu'il vit en Suisse. Je l'ai perdu de vue. Mais, pour ces quelques moments passés ensemble, je lui dois beaucoup.

SOS garde

Les trois mois de crèche sont hélas vite passés. De toute façon, ils s'étaient révélés précaires, incertains. Les horaires n'étaient pas réguliers : une demi-journée, une journée complète… Difficile de s'organiser. Comme je n'avais plus de téléphone, j'apprenais parfois sur place le matin même si je pouvais déposer Océane ce jour-là. De toute façon, je me posais de sérieuscs questions. Une fois, en allant la chercher, je l'avais retrouvée dans un coin, assise à une table toute seule avec la directrice, loin des autres enfants en train de goûter. J'avais demandé les raisons de sa mise à l'écart. La directrice m'avait rétorqué : « Votre fille les dérange. » Est-ce une explication valable pour punir un enfant de la sorte ? Un autre jour, j'avais appris qu'à l'heure de la sieste, elle dormait dans sa poussette parce que, là encore, elle gênait les autres. Faire dormir un enfant d'un an et demi dans une poussette, tous les jours, est-ce vraiment normal ? Je trouvais ces méthodes injustes et inadmissibles, mais sur le coup, les mots m'avaient manqué. En rentrant, j'ai senti la rage et la colère monter en moi. Pourquoi ma fille était-elle mise ainsi à l'écart ? Je l'ai très mal vécu. Et pour cause, cela me renvoyait à notre différence, leur rejet.

Au même moment, j'ai dû retirer Maéva de l'école maternelle. La directrice me demandait de la reprendre car elle n'était pas propre. En plus, elle pleurait sans cesse et les maîtresses ne pouvaient s'occuper d'elle. Ce n'était pas à l'école de se soucier de son adaptation. C'était me rendre de nouveau responsable. Ma fille aurait dû être propre, ne pas pleurer…

En moins de trois mois, j'étais revenue à la case départ.

L'impossible emploi

Pendant ce bref répit, j'avais eu le temps de réaliser qu'il ne suffisait pas de vouloir travailler pour décrocher un emploi. Je m'en doutais, bien sûr, mais je croyais en ma bonne étoile. Malgré mon bac pro en secrétariat, je n'avais rien trouvé. Pour n'importe quel poste, on me demandait des diplômes à n'en plus finir. Impossible d'être vendeuse sans BEP, CAP vente, voire bac plus 2 ou 3. Et pour un emploi de secrétaire, il fallait au moins être trilingue... Je n'avais plus désormais ni le temps ni les moyens d'investir dans une formation. Et quand bien même j'aurais trouvé un financement et un peu de ce temps si précieux, je ne savais même pas quelle formation suivre tellement, paradoxalement, il semblait qu'aucun diplôme n'ouvrait la voie à un emploi. Car outre un bac plus 10, on me demandait aussi des années d'expérience...

Je ne pouvais plus me permettre d'enchaîner des stages non rémunérés. Pourtant, avant d'avoir ne serait-ce que l'espoir de trouver un travail, il faut souvent accumuler les stages. Et quand, enfin, vous décrochez quelque chose, les périodes d'essai durent de plus en plus longtemps. Ainsi, du jour au lendemain, vos employeurs peuvent vous licencier. J'ai même l'impression que certaines entreprises ne fonctionnent qu'ainsi. Une manière de disposer d'une main-d'œuvre bon marché et servile. Comment contester la décision d'un responsable quand vous êtes à l'essai ? Vous apprenez à vous taire, toujours et encore. À ne jamais élever la voix, à obéir à tout, même si on vous demande de nettoyer les toilettes alors que vous êtes là pour vendre des vêtements, même s'il vous faut rester plus longtemps alors que vous devez aller chercher vos filles, ou revenir un dimanche...

Un jour, en surfant sur un site d'emplois, j'ai trouvé l'annonce rêvée : de la vente d'articles de bureau par téléphone, depuis son domicile. Pour 1 800 euros par mois, plus le remboursement de l'abonnement téléphonique ! Trop beau pour être vrai. Évidemment. J'ai appelé quand même et obtenu un rendez-vous fixé dans un hôtel aux portes de Paris. Le responsable de cette société finissait de déjeuner avec une jeune femme. J'ai attendu un peu avant qu'il me reçoive. L'entretien a commencé. Il me regardait étrangement. À un moment, il m'a demandé mes hobbies. J'ai lancé spontanément : « Les activités manuelles. » Il m'a répondu avec un petit sourire qui en disait long : « Toutes les activités manuelles ? » J'ai été choquée. Je n'avais pas imaginé qu'il pourrait interpréter ainsi ma réponse. Il m'a alors expliqué que son entreprise proposait aussi des massages sensitifs pour des clients. Que ces massages devaient être faits par de « jolies filles bien roulées ». Qu'ils devaient être très sensuels. Puis il a posé son regard sur mes jambes, en me disant : « Vous avez de belles jambes. » Il s'est intéressé aussi visiblement à mon décolleté et là il a murmuré : « Je ne suis pas sûr que vous feriez l'affaire, il faudrait que vous grossissiez un peu... » J'ai eu très peur, je suis partie en courant, prétextant un autre rendez-vous.

En faisant le tour des dizaines d'annonces, j'ai compris que peu d'emplois pouvaient convenir à ma situation. Prenons par exemple le MacDonald's où j'avais déjà travaillé, en 2002. Le « restaurant » était au bord d'une nationale, à quinze minutes à pied de la gare du Pecq. Aujourd'hui, en transports en commun, je mettrais trop de temps pour m'y rendre. En plus les horaires étaient impossibles : des ouvertures à 7 heures, des fermetures à 23 h 30, voire même 2 h 30 du matin. La difficulté, c'est que les responsables aménagent vos horaires selon leurs intérêts. Comme les clients sont surtout nombreux aux heures des repas, vous avez trois ou quatre heures de pause au milieu de la journée pendant lesquelles vous n'êtes pas rétribuées. Pour avoir un salaire correspondant à huit heures de travail, vous devez être sur place douze heures. À 600 euros par mois, impossible de payer une baby-sitter pour garder vos enfants après l'école. Car le MacDo propose presque essentiellement des mi-temps.

Donc des petits salaires. Et le soir, pour rentrer chez vous, là, une voiture est indispensable.

Quand vous vivez en banlieue, pour la plupart des emplois que l'on vous propose, il faut en effet une voiture. Surtout quand, comme moi, vous vivez dans une résidence excentrée. Pour aller dans le centre de Paris, sans embouteillage, je mettais moins d'une demi-heure. En transports en commun, près de deux heures... Et pour un grand nombre d'emplois, les petites annonces spécifiaient qu'il fallait un moyen de locomotion ou le permis. Déjà, je ne l'ai pas. Puis, comment payer l'acquisition d'une voiture ou d'un scooter, et ensuite tous les frais afférents ? Encore une fois, il aurait fallu que je puisse investir... C'était impossible. Chaque centime reçu était dépensé avec économie.

Et, pour couronner le tout, c'était la crise. La plupart des personnes que je connaissais étaient obligées de cumuler plusieurs petits boulots pour s'en sortir. Trois millions de chômeurs et une crise financière à la clef ! Pour nous, les mères célibataires, les jeunes sans argent, les sans-emploi, il ne restait que les boulots précaires, les salaires de misère, les mi-temps aux horaires impossibles, ou presque pire, les boulots au noir. Ces derniers sont légion, notamment dans la restauration. Pour l'employeur, c'est tout bénéfice et pour vous, ils permettent souvent de pallier les aides insuffisantes que vous recevez de l'État en cumulant les deux dans la plus totale illégalité. Pour certaines personnes d'ailleurs, comme celles en fin de droit, ou celles endettées, c'est l'unique façon de pouvoir nourrir leurs enfants. Mais ces emplois sont souvent payés en dessous du salaire minimum, les horaires incompatibles avec une vie de famille, et vous n'avez pour seul droit que celui de vous taire en sachant que vous risquez gros en acceptant de travailler sans être déclaré. Des milliers de personnes ne peuvent faire autrement. Obligées de tout accepter pour survivre. Et pour ces quelques euros indispensables, elles perdent leur dignité, leur estime d'elles-mêmes.

La vie professionnelle de mes amis avait de quoi m'inquiéter. Ils cumulaient les boulots, jonglaient avec les horaires. Leurs CDD étaient si courts qu'ils ne leur laissaient pas le temps de respirer. À peine un nouvel emploi commencé qu'il leur fallait en chercher un autre. L'intérim ce n'était pas mieux. C'était un des secteurs les plus touchés par la crise. Inenvisageable pour moi, car on vous appelle un jour pour le lendemain. On dit des chômeurs qu'ils sont sans emploi. C'est tellement faux. Chercher un travail, c'est un vrai CDI !

De l'aide aux pauvres

Je savais que je m'étais trop enfoncée pour réussir à m'en sortir seule. Mais j'attendais beaucoup des services sociaux. Je pensais qu'ils m'aideraient à prendre un nouveau départ, à entreprendre une formation, à sortir la tête de l'eau. Et puis j'ai compris que je ne pourrais compter que sur moi-même. Alors j'ai cumulé les temps pleins : mère au foyer, à la recherche d'un appartement, à la recherche d'un emploi, et le quatrième, non moins dur, à la recherche d'aides… Condamnée à dépendre sur ce dernier plan du bon vouloir d'une assistante sociale, d'un employé de l'ANPE, d'une salariée de la mairie, d'une bonne croix cochée dans une case. Je m'interrogeais sur l'utilité de répéter sans cesse les mêmes démarches.

J'avais la sensation humiliante de passer mon temps à mendier.

Pour l'appartement, j'ai mis du temps à accepter de regarder la vérité en face. Puis un jour, j'ai compris. Il existait une raison au fait qu'on ne me proposait jamais rien. Une raison peu croyable. Contrairement à ce que l'on imagine, les logements sociaux ne sont pas réservés aux populations précaires ou en grande difficulté. Ils sont destinés aux classes moyennes aux revenus modestes. En réalité, les logements sociaux ne font pas dans le social ! Ils ne sont pas conçus pour faire face à la crise, au chômage, aux nouveaux problèmes sociaux… Ils sont encadrés par des obligations dictées par l'État, lequel bien souvent n'en est pas propriétaire : il subventionne juste des bailleurs privés, pour leur permettre de louer leurs appartements à des tarifs inférieurs à ceux du marché. Et il fixe le seuil maximum des revenus pour y accéder. Celui-ci est de 2 000 euros pour une personne seule. L'unique condition est donc de gagner moins. Mais entre aucun revenu et 1 999 euros, que se passe-t-il ? Aucun bailleur ne veut prendre le risque de se retrouver avec de mauvais payeurs et, compte tenu de l'offre et de la demande du marché, ils peuvent se permettre de sélectionner les candidats les plus solvables. Ils sont en réalité devenus si exigeants qu'ils revendiquent pratiquement les mêmes conditions que les agences : CDI, cautions familiales, avances de deux ou trois fois le loyer…

Faire une demande de logement social est en soi assez simple : il suffit de déposer un dossier en mairie, auprès d'une assistante sociale qui se chargera de le transmettre aux bailleurs. C'est d'y accéder qui est plus difficile. Si vous êtes en CDD, si vous travaillez en intérim, si vous gagnez le SMIC ou si vous n'avez pas d'emploi, vous n'avez aucune chance. Dans les Yvelines, mon département, il y a 28 000 demandes de logements sociaux et seules 1 000 sont acceptées chaque année. Ici, une attente de trois ans est dite « raisonnable » !

Les bailleurs ne savent que manier la calculette. Mais c'est quoi au juste un bon dossier ? Un boulot en CDI ? Aujourd'hui un CDD ou un CDI reviennent au même. Dans les deux cas, en moins de temps qu'il n'en faut, on se retrouve à pointer à l'ANPE. Ce n'est donc pas parce que vous avez un emploi fixe que vous payerez vos loyers. Ils vaudraient mieux prendre en compte les situations sociales et familiales, les profils professionnels, les parcours… Malheureusement les mairies, chargées de transmettre les candidatures, n'y peuvent officiellement pas grand-chose. Quoique. Elles peuvent parfois appuyer certains dossiers. Ou l'inverse. Je les soupçonne de déjà participer à un filtrage, mais dans le mauvais sens : de mettre de côté certains dossiers, histoire de se débarrasser de « mauvais » locataires. Les pauvres, les familles turbulentes, ou même les immigrés… allez oups dehors ! En tout état de cause, les mairies sont, là, vraiment coupables de ne pas construire suffisamment de logements sociaux face à la marée des sans-abri comme moi.

De toute façon, faute de remplir les conditions exigées, ma requête de logement ne pouvait être que vaine. Le service social de la mairie de Saint-Germain-en-Laye avait d'ailleurs été catégorique : « Sans travail, pas d'appartement. » De surcroît, depuis les années passées avec Éric j'avais un « casier locataire » pour loyers impayés. Et j'ai compris à mots couverts que les organismes sociaux en avaient été informés. Aucune chance de voir mon dossier retenu.

En rencontrant des associations, j'ai découvert des centaines de cas encore plus désespérés que le mien. La réalité est terrible. Je me souviens des mots d'une des responsables : « Sans appartement vous devenez un mort-vivant. Vous n'existez plus. Sans toit, pas de travail, pas de vie de famille, même plus de citoyenneté car sans adresse vous ne recevez plus de courrier. Très vite la situation se dégrade. Irrémédiablement. » Mais l'État ne gère que l'urgence : habiller, loger, soigner ceux qui sinon iraient mourir sur le trottoir – ça fait désordre dans le climat social. Pourtant, si l'État aidait les gens avant qu'ils ne sombrent, en les accompagnant utilement, on gagnerait en autonomie, en indépendance, et quel gain économique pour tout le monde !

C'était donc aussi paradoxalement parce que ma situation était moins catastrophique que d'autres, que j'avais peu d'espoir d'être aidée, car, me disait-on, « je n'étais pas à la rue ». Personne ne mesure à quel point la situation s'est dégradée en moins de dix ans. Le nombre de personnes réduites à dormir à droite ou à gauche, un coup dans la famille, un autre chez des amis, dans des hébergements d'urgence, dans un jardin public, dans une voiture, dans une cave..., va en augmentant. Moi, j'avais la chance de pouvoir compter sur ma mère. Même si vivre chez elle n'était pas une solution. J'étais juste en salle d'attente. Malgré son aide, malgré sa gentillesse, cela devenait insupportable. J'ai finalement demandé à être accueillie dans un foyer pour femmes seules avec enfants. Là encore, je n'avais pas le profil.

Finalement, tant que vous n'êtes pas dans la misère absolue, vous devez attendre. Et encore ! Des familles entières sont mises à la rue avec pour unique horizon les dortoirs pour SDF. Où au petit matin on vous demande plus ou moins gentiment de faire vos valises. Selon le rapport de la Fondation Abbé Pierre 2009,

3,5 millions de personnes en France sont très mal ou non logées. En 2001, 22 000 femmes et leurs 16 000 enfants étaient sans domicile fixe. La proportion de femmes dans la population des sans-abri est en constante augmentation. Aujourd'hui la pauvreté a changé de visage. En fait, elle n'a plus de visage : elle s'installe partout, chez les femmes, les hommes, les cadres, les employés, les ouvriers, les jeunes, les vieux.

L'entraide

Les mois sont passés, cahin-caha, et soudain janvier est arrivé. Enfin une nouvelle année. Je suis partie avec les filles à Lyon, rendre visite à Audrey. Je l'avais connue dans un village-vacances, à l'âge de seize ans. Elle nous a invitées et ouvert son appartement avec beaucoup de gentillesse. Elle m'a redonné des forces. Pour la première fois depuis longtemps, j'ai renoué avec l'espoir. La vie est faite de cercles vicieux. Quand vous commencez à tomber, vous n'arrivez plus à maîtriser et tout se dégrade. Mais aussi de cercles vertueux. Quand vous commencez à aller mieux, petit à petit tout s'illumine.

C'est en effet à cette époque qu'Alexandra, la jeune femme de l'Aide aux mères, m'a parlé d'une association, « Le Lien yvelinois », qui soutient les recherches de logement. J'ai immédiatement demandé à mon assistante sociale de me mettre en relation avec elle. Comme toujours, on m'a conseillé de trouver d'abord un emploi pour obtenir un appartement : toujours la même rengaine. Mais pour une fois, le dialogue était ouvert et positif. Il m'a redonné courage.

Il est vrai qu'à travers toutes ces années de galère, j'ai fait quelques belles rencontres. Souvent des femmes. Car si nous sommes plus fragiles face aux aléas de la vie, nous sommes aussi plus solidaires. On s'entraide. On se soutient. Je les appelle les « mères Courage ». Certaines m'ont montré le chemin. Comme Brigitte, la maman de mon ami Jojo, qui me prodiguait de sages conseils. J'admirais cette femme, une mère formidable. Je l'admirais aussi pour son combat contre le cancer qui la rongeait depuis dix ans. Elle en est décédée il y a peu. Elle a été mon plus gros soutien.

Il y avait aussi Sylviane. À plusieurs reprises elle m'a épaulée, guidée. C'était une femme au grand cœur. Elle aussi nous a quittés il y a deux ans. Et bien sûr, il y avait et il y a toujours ma mère avec qui parfois c'est difficile, comme toujours entre fille et mère. Une mère qui voudrait encore tout régenter, mais aimante et dévouée. Un dévouement parfois excessif qui tend au sacrifice. Chaque sou gagné, elle l'épargne pour notre avenir.

Voir ces mères se battre pour leurs enfants m'a donné de la force et le courage de remonter la pente. D'elles, j'ai appris une grande leçon de vie : une mère doit être la personne la plus solide du monde pour ses enfants qu'elle porte au sens propre et figuré, et ce durant des années ! Toutes m'ont aussi permis de relativiser, d'accepter l'échec et de pardonner aux autres et à soi-même. Parce qu'en pardonnant on devient alors capable de donner et d'avancer.

L'espoir enfin

Alors que je continuais à courir les magasins pour déposer mon CV, j'ai reçu un mail de l'ANPE m'informant qu'une boutique de Saint-Germain-en-Laye cherchait une vendeuse. Le jour même, je postulais. C'était fin février 2008. J'attendais encore une réponse quand, le 1er avril, et ce n'était pas un poisson ! j'ai reçu une proposition d'un des bailleurs sociaux que j'avais contacté pour la première fois quatre ans plus tôt, sans passer par la mairie. Il me proposait un F3 à Port-Marly, à quarante minutes en train de chez ma mère. C'était un miracle ! Dès le lendemain je l'ai visité et j'ai immédiatement déposé mon dossier. Je savais qu'il n'était pas bon, que mes chances étaient maigres. Mais le simple fait qu'on m'ait contactée était déjà pour moi un signe. Quelques jours plus tard, la gérante du magasin de Saint-Germain me proposait un mi-temps payé 750 euros par mois : je commençais le lendemain !

J'avais une journée pour trouver une solution de garde pour mes filles. J'ai repensé à une dame, rencontrée quelques mois auparavant. Je l'ai appelée en croisant les doigts. Par chance, il lui restait de la place. Elle demandait 14 euros pour 4 heures par enfant, plus 10 euros de repas par jour. Environ 500 euros par mois pour les deux filles. Non déclaré. Elle avait déjà sous sa garde trois autres enfants. J'étais pour l'instant toujours chez ma mère et je n'avais pas de charges de loyer. Je n'ai pas hésité une seconde ! De toute façon, pour mon nouveau boulot, j'étais prête à tous les sacrifices. Vendeuse ! Mon rêve. Je ne laisserais pas passer cette chance.

J'ai foncé à l'association Le Lien yvelinois pour leur annoncer ces deux bonnes nouvelles. Ils étaient sincèrement heureux pour moi et m'ont assurée qu'ils allaient appuyer ma demande de logement. Et dans la foulée j'ai eu un entretien avec le bailleur. Il m'a déclaré faire une enquête sur moi, sur ma vie passée : j'ai eu très peur mais même mon assistante sociale a intercédé en ma faveur. Au bout de quelques semaines, le bailleur m'a félicitée : le logement était à moi !

J'allais pouvoir repartir de zéro. Une nouvelle vie commençait. Enfin, après quatre ans à vivre les unes sur les autres, on allait avoir notre chez-nous. Son obtention était assortie de conditions un peu humiliantes, ou du moins infantilisantes, mais cela m'était égal. Je devais accepter un suivi social et un suivi éducatif. Une fois toutes les deux semaines, une éducatrice viendrait vérifier que je m'occupais correctement de mes enfants. Elle me soumettrait à un questionnaire et interrogerait également mes filles. Parallèlement, un membre de l'association Le Lien yvelinois passerait examiner mon logement ainsi que l'état de mes finances. Ensemble, on allait tout poser : mes rentrées d'argent et mes dépenses. On regarderait ce qui était vraiment nécessaire et ce qui l'était moins. J'étais résolue à tout pour pouvoir être enfin chez moi. Et je mesurais à quel point le Lien yvelinois avait pris des risques en soutenant mon dossier. Alors je pouvais bien me soumettre à ces contrôles. Car pendant un an, jusqu'à la fin juillet 2009, ils étaient les locataires officiels et moi la sous-locataire. C'est ce qu'on appelle un bail glissant : si par la suite tout se déroule selon les règles établies, le sous-locataire devient locataire principal.

J'ai tout de suite appelé la mairie de Port-Marly pour les prévenir que j'allais emménager dans leur ville : il fallait inscrire Maéva à l'école maternelle, au centre aéré, et trouver une place en crèche pour Océane. La responsable de la crèche familiale m'a transmis les coordonnées téléphoniques d'une assistante maternelle. Incroyable : elle habitait juste au-dessus de mon appartement ! Et elle avait de la place ! J'avais l'impression de rêver ! Je la paierais en fonction de mes revenus, la mairie complétant le reste... C'était la ville du bonheur ! Mon loyer était de 458 euros par mois, et je bénéficiais d'une aide au logement de 300 euros. En lieu et place des 500 euros non déclarés de nourrice, je n'avais plus qu'à m'acquitter de

150 euros… 280 euros si on ajoutait le centre aéré et les couches. Avec les aides de la CAF et surtout mon salaire, j'avais gagné mon indépendance et de quoi vivre !

Le calme retrouvé

Et doucement, tout reprenait forme. Mes relations avec Éric s'étaient apaisées. Depuis le jugement de juillet 2008, il s'acquittait de 200 euros de pension alimentaire par mois et prenait nos filles un week-end sur deux. Le fait d'être passés devant un juge, d'avoir réglé les détails matériels, d'avoir aplani nos différends d'argent, nous avait finalement permis de prendre un nouveau départ dans notre relation. Peu à peu on avait commencé à renouer le dialogue pour les filles. On arrivait à se parler calmement et on avait même plaisir à se voir. De son côté il avait recommencé une nouvelle vie, avec une nouvelle compagne. Il avait trouvé un travail dans un supermarché, puis dans la police municipale. Il passait même parfois voir les filles simplement pour dire bonjour.

J'ai mis longtemps à faire le deuil de notre histoire. J'arrivais à accepter que nous ne soyons plus ensemble, mais au fond de moi je refusais de croire que c'était définitif. C'est sûrement pour cela que je suis devenue sa confidente. Je l'écoutais avec l'espoir secret de le récupérer. Finalement, je n'avais pas tourné la page. Il m'a fallu de nombreuses désillusions, de nombreuses autres souffrances pour réaliser que je me berçais de rêves impossibles. Ce n'est que très récemment que je l'ai compris. Heureusement, le temps fait son œuvre.

Et un jour, moi aussi, j'ai rencontré quelqu'un qui a trouvé les mots. Il portait sur moi un regard d'homme. Cela m'a fait du bien. À vingt-sept ans, avec deux enfants, je ne voulais plus être traitée comme une gamine ! J'assumais mon âge, ma vie. J'avais changé de look, de coupe et de couleur de cheveux. J'ai compris en même temps que pour les hommes que je rencontrais, le fait d'être mère serait pour eux toujours difficile à accepter. Après tout, pourquoi élèveraient-ils les enfants d'un autre ? C'est aussi pour cette raison que celui que j'avais rencontré est parti. Ce n'était pas grave. J'avais pu grâce à lui retrouver ma féminité. J'avais lu dans ses yeux qu'il me trouvait belle, que je lui plaisais. Et il m'avait aussi fait réaliser à quel point mon couple avec Éric n'en était pas un…

Et petit à petit j'ai retrouvé Nelly. Mon Dieu, comment avais-je fait pour la laisser si longtemps au bord de la route ! Je m'étais perdue dans mon histoire d'amour. Six années accrochée à Éric ! Depuis, j'ai retrouvé d'autres centres d'intérêts : lire, me promener, voir des amis, manger une pizza entre copains, aller danser.

Il n'y a pas longtemps, j'ai fait un bowling. Qu'est-ce que j'ai ri ! Et j'ai pensé : « C'est fou, je ris. Je ris sans me soucier du regard des autres. Je m'amuse sans m'inquiéter de ce qu'on va dire. » J'ai compris qu'enfin je ne me cachais plus derrière les yeux des autres. Je voyais à travers les miens.

Une nouvelle chance ?

J'ai attendu quatre mois après l'accord de la commission avant de pouvoir enfin m'installer chez moi. Une attente interminable. Le logement avait été entièrement remis à neuf. Tous les jours, je m'enquérais de l'avancée des travaux. J'étais pressée de prendre possession des lieux. Cet appartement, c'était mon combat, ma victoire. Ma sœur et ma mère n'arrivaient pas à y croire. Delphine me regardait d'un autre œil. Je l'entendais se dire : « Mais elle y est arrivée ! » Je leur avais prouvé que j'en étais capable. J'avais trouvé mon chemin en dehors des sentiers battus de l'aide publique : j'avais repris des forces grâce à l'Aide aux Mères, j'avais un logement à moi grâce au Lien yvelinois. J'avais eu de la chance mais surtout une volonté de fer !

C'était important pour mes filles. J'avais fait des erreurs, oh ! pas des grosses conneries, mais assez pour me retrouver au fond du gouffre. J'avais su en tirer la leçon. On ne m'y reprendrait plus. Je m'étais battue. Et j'avais vaincu. Mes filles pouvaient être fières de moi. Mais c'est aussi en elles que j'avais puisé ma force. Je voulais tellement que leur vie soit belle. Parce que, finalement, elles n'y étaient pour rien. Elles n'avaient pas mérité tant de malheurs.

Enfin le 3 août 2008, date de notre emménagement, est arrivé. J'étais si heureuse. Je regardais mon chez-moi, je regardais mes filles. Je parcourais l'appartement de pièce en pièce, en ouvrant et refermant les portes. J'en ai fait trente fois le tour, inlassablement. Et je riais ! Notre appartement. À toutes les trois. Maéva et Océane avaient des étoiles dans les yeux. Pour la première fois de leur vie elles avaient une chambre à elles ! Comparé au studio où nous avions vécu à quatre, puis à la petite chambre chez ma mère, ce logement était, à nos yeux, un véritable palace ! Sa superficie était de 54 mètres carrés. J'en connais encore la mesure exacte. J'étais certaine qu'ici, avec mes filles, nous serions enfin heureuses. En une journée, j'ai vidé et rangé tous les cartons. Je l'avais décoré avec soin, en tentant de composer une ambiance chaleureuse pour que Maéva et Océane puissent s'y épanouir librement.

Le salon était agréable. Avec exclusivement des meubles de récupération, j'avais réussi à créer une atmosphère reposante. Sur la table basse, j'avais même mis un joli bouquet de fleurs artificielles violettes qui égayaient la pièce. Contre le mur, en hauteur, trônait une imposante télévision, souvenir de jours meilleurs. Depuis le canapé, je pouvais voir les arbres par la baie vitrée. Et, luxe suprême, un petit balcon faisait office de remise pour les pelles et seaux des filles et à l'occasion d'espace fumeurs pour les amis de passage. Les beaux jours je pourrais y déjeuner. La chambre de mes enfants ressemblait un peu à la caverne d'Ali Baba avec ses poupées, ses peluches, une dînette et beaucoup d'autres jouets dont raffolent les petites filles ! Elles avaient chacune leur lit : Océane, âgée alors de deux ans, dormait dans le plus petit, et Maéva, qui en avait trois, dans le lit d'enfance de ma sœur. Pour ranger leurs affaires, j'avais récupéré une petite armoire de mon ancien studio. J'y avais posé une photo encadrée de leur père avec moi. Je l'avais mise là parce que, même s'il ne partageait plus notre vie, je voulais qu'elles sachent qu'il en ferait toujours partie. C'était leur papa. Leur chambre était douce et gaie, habillée par de beaux rideaux roses à fleurs. Dans la mienne, mon refuge, je n'avais pas mis grand-chose : un lit double, une commode qui servait aussi de bureau, une petite penderie et une table de nuit. De mon lit, j'entendais les oiseaux chanter et le rire de mes filles sous leurs couettes ! Les trois dernières portes de l'appartement ouvraient respectivement sur une minuscule salle de bains avec baignoire, des toilettes et la cuisine.

Juste après mon emménagement, à la fin août, j'ai fait une crémaillère. Nous étions six ou sept. Un ami m'a offert mes quatre chaises de salon. Nous avons trinqué à mon nouveau départ. J'étais si fière… Bien sûr, tout n'était pas encore rose. Je n'étais pas encore sortie d'affaire, loin s'en faut. Pour l'instant, je vivotais. Mais à la rentrée, avec la nourrice et l'école, je savais que j'allais y arriver. J'avais fait mes petits calculs. J'avais établi un calendrier de remboursement pour mes dettes. Je gagnerais assez d'argent pour assurer mon indépendance et celle de mes enfants. Je savais que bientôt, j'allais pouvoir me faire plaisir. Je pourrais même de temps en temps aller au restaurant avec des copains. Longtemps, je ne les avais rejoints qu'à l'heure du café. Je crois que personne n'était dupe que je faisais ça pour ne pas avoir à payer le repas. Mais bientôt je serais là dès l'entrée ! Et je ne serais plus obligée d'inventer de faux prétextes pour ne pas sortir, faute d'argent.

La vie était belle. J'avais oublié qu'il fallait en profiter à chaque instant. Chaque minute comptait. Mon passé, Éric, les galères s'étaient évaporés comme par enchantement. Comme on me l'a dit un jour, « rien n'est insurmontable ». Nombreux étaient les obstacles que j'avais pu rencontrer sur ma route, mais finalement j'avais réussi à les dépasser. Mais je n'oubliais pas tous ceux qui m'avaient soutenue. Une évidence s'imposait désormais à moi.

C'était à mon tour d'aider ceux qui en avaient besoin. Car j'avais compris qu'une main secourable peut sauver des vies. Et qu'il suffit parfois de peu pour s'en sortir.

La belle vie !

J'avais emménagé depuis moins d'un mois. Les jours commençaient à raccourcir, il faisait plus frais. Une routine différente s'installait pour nous. Les filles étaient métamorphosées. Elles poussaient à toute allure ! Elles adoraient fouiller dans mes placards pour m'aider à m'habiller. Et moi, j'adorais mon boulot. J'appréciais les clientes, des femmes souvent âgées, élégantes, courtoises, chics. Je parlais beaucoup avec elles. Les habits que je vendais n'étaient pas exactement mon genre, un peu trop « dame » pour moi, mais ils me plaisaient et j'étais heureuse de les conseiller puis de les voir sortir ravie de leurs achats. Ma responsable était très chaleureuse, elle ne cessait de m'encourager. Elle m'assurait que j'étais très douée et qu'une petite formation me suffirait pour pouvoir, moi aussi, m'occuper un jour d'un magasin. Mais je n'en étais pas là ! La boutique était certes petite, et les affaires difficiles, mais grâce à notre travail d'équipe, nous avions réussi à propulser le magasin à la deuxième place du classement national de l'enseigne. Qu'est-ce que nous en étions fières ! Ces premiers pas dans la vente ont été une révélation. J'avais vraiment trouvé ma voie.

En ce mois d'août, ma mère et ma sœur, alors en vacances, se partageaient la garde des filles. J'en profitais pour économiser ! J'attendais que l'une ou l'autre arrive pour filer au boulot. Le soir, à mon retour, je donnais le bain à Maéva et Océane et leur faisais à manger. On s'asseyait ensuite toutes les trois autour de la table et je leur racontais ma journée ! Ça aussi c'était nouveau. J'avais depuis longtemps oublié ces instants précieux d'un dîner partagé. Et puis je n'avais pas grand-chose à leur dire. Désormais, je détaillais les ventes que j'avais faites, les clientes que j'avais vues, ce que j'avais mangé à midi et on riait parfois ensemble à des anecdotes amusantes. Comme l'histoire de cette dame qui semblait s'habiller de vêtements bon marché et qui, pourtant, était partie avec la moitié du magasin ! Elle avait dépensé 700 euros d'un coup ! 700 euros ! Mon salaire... Mes filles me racontaient à leur façon ce qu'elles faisaient. Nous avions trouvé notre rythme. Et désormais, j'avais ensuite des soirées rien qu'à moi. Je pouvais regarder un film en entier ! Je me couchais apaisée. Et mes rêves étaient doux.

Je me souviens du premier jour où j'ai pris le bus pour aller travailler. C'était bizarre. Je ne partais plus de chez ma mère. C'était quand même encore la course. Le travail, les filles, l'emménagement m'avaient mis à plat. J'avais gardé des traces des années éprouvantes que je venais de vivre. J'avais toujours peur du lendemain. Je me faisais du souci en permanence. Là, c'était la rentrée scolaire qui me préoccupait. L'année dernière, elle ne s'était pas très bien passée. En plus, Éric donnait l'impression de vouloir revenir. Je me sentais déstabilisée. Mais je me taisais, car je lisais bien dans le regard de mon entourage que je n'avais pas le droit de me plaindre. J'essayais de masquer ma fatigue, de paraître toujours heureuse. Il n'y avait guère que ma responsable de boutique qui, je le sentais, s'inquiétait pour moi en me regardant manger en vitesse, dans l'arrière-boutique, un reste de raviolis de la veille emporté dans une boîte en plastique. Je m'étais même assoupie un jour derrière la caisse. Heureusement, personne ne s'en était aperçu. Il n'y avait pas trop de clientes en cette période d'été. Mon travail était fait, c'était l'essentiel.

Et le soir, j'avais de plus en plus de mal à m'occuper seule des filles. Je l'avoue : il m'arrivait de rêver qu'elles soient déjà au lit. Océane refusait de se coucher et Maéva ne voulait dormir que dans mon lit. Chaque soir, c'était toute une histoire pour les endormir. Elles réclamaient du lait, un conte, encore du lait, un câlin… Je n'avais ni le courage ni l'énergie de leur refuser. D'autant plus que mon voisin ne supportait aucun bruit. Les murs étaient tellement fins qu'on entendait tout d'un appartement à l'autre. Au moindre pleur, il montait se plaindre. Parfois, il appelait même la police, en laissant sous-entendre que je les maltraitais.

Alors, j'essayais de les calmer en leur donnant tout ce qu'elles demandaient. Sans toujours éviter les drames. Vers 23 heures, elles dormaient enfin. Moi aussi…

Arrêt maladie

Un matin, impossible de me lever. Je m'étais réveillée exténuée, avec la sensation de n'avoir pas dormi. Quand ma mère est arrivée pour s'occuper des filles, je n'étais toujours pas habillée. Trop tard pour aller travailler. J'ai appelé ma responsable. Très gentiment, elle m'a conseillé d'aller voir un médecin : « Vous avez besoin de repos. Ne vous inquiétez pas, aujourd'hui, je vais me débrouiller sans vous. » J'ai suivi sa recommandation. Ma tension était très faible. Trop faible. Je devais faire un bilan. On m'a trouvé une simple anémie, mais mon médecin m'a mise au repos forcé pour éviter, disait-il, une dépression. J'en ai informé ma responsable. Comme toujours elle s'est montrée compréhensive. Je serais remplacée le temps d'être à nouveau sur pied. Elle raccrocha avec ces mots : « Je suis impatiente que vous soyez de retour. Et ne vous inquiétez pas, je vous garde votre place ! » J'étais soulagée.

Finalement mon arrêt maladie a duré plus d'un mois, de la fin août au début octobre. Le matin, je devais quand même me lever pour emmener Maéva à l'école à 8 h 20, puis pour courir déposer Océane chez sa nourrice à 9 heures. J'ai tenu deux semaines… Un jour, je n'ai plus eu le courage. C'était trop dur, d'autant que Maéva, tous les matins, refusait d'aller à l'école. Elle m'implorait : « Maman, maman, laisse-moi rester avec toi. S'il te plaît, ma maman. » Elle avait peur. Je sais bien que ses craintes rejoignaient mes inquiétudes : j'avais toujours peur pour elle. Moi aussi, j'étais extrêmement angoissée à l'idée d'aller à l'école. Une fois, j'avais alors cinq ou six ans, alors que je prenais des cours d'italien pour enfants au lycée international de Saint-Germain-en-Laye, je m'étais retrouvée seule, enfermée dans ce grand château. On m'avait oubliée ! Cela m'a marquée. D'autant plus que ma mère, à cause de son travail, était toujours la dernière à venir me chercher. Tout cela avait renforcé mon angoisse d'abandon. Aujourd'hui d'ailleurs, je prends mes filles à 16 h 20 pétantes ! Je tiens à être toujours la première. Peut-être aussi que mes difficultés à conduire Maéva à l'école étaient liées à ma propre crainte de me retrouver seule à la maison…

L'école de Maéva était loin, ce qui n'arrangeait rien ! On mettait une bonne demi-heure pour y aller à pied. Océane était dans sa poussette. L'astuce du marche-pied que l'on peut accrocher à l'arrière pour le deuxième enfant était trop chère pour moi. Maéva, du haut de ses trois ans, devait marcher. C'était beaucoup trop fatigant pour elle – et usant pour moi. Elle pleurait, elle me tirait en arrière ou refusait de bouger. Plus on approchait et plus ça devenait éprouvant. À mi-chemin, je m'arrêtais, submergée par l'angoisse. Et je craquais. Je faisais demi-tour. Le plus souvent, je gardais donc Maéva à la maison. Océane, que je déposais chez la nourrice un étage au-dessus, ne comprenait pas pourquoi sa sœur avait le droit de rester avec moi et pas elle… Mais je ne pouvais pas assumer les deux. Elles se chamaillaient trop et prenaient tout mon temps, toute mon énergie. Oui, c'était si injuste pour Océane. Je culpabilisais beaucoup, mais je n'y arrivais pas : tout me semblait démesuré.

La fameuse lettre

Enfin, ce foutu mois de septembre tirait à sa fin. Je me sentais mieux, j'avais repris des forces. J'avais justement rendez-vous chez mon médecin. En partant, j'ai ouvert ma boîte aux lettres. Il n'y avait qu'un seul courrier : une lettre de la mairie. Je l'ai glissée dans mon sac pour la lire plus tard. J'allais être en retard. Le médecin m'a annoncé que je pouvais reprendre mon travail d'ici une petite semaine. J'ai été soulagée : j'étais contente de retourner travailler, cela allait me faire du bien. À la maison, je tournais en rond, j'avais besoin d'air. Et de toute façon, mes indemnités maladie étant inférieures à mon salaire, je n'avais plus les moyens d'être malade. Il était temps que cela s'arrête. De retour chez moi, impossible de retrouver mes clefs. Je mettais toujours beaucoup d'affaires dans mon sac, des tas de trucs de fille inutiles : un rouge à lèvres, un petit miroir, mon porte-monnaie, un porte-bonheur, mes tickets de bus, un paquet de mouchoirs, des photos des filles… En en vidant le contenu, à la recherche de ces satanées clefs, j'ai trouvé le courrier de la mairie, déjà perdu au fond de mon bazar.

C'était une banale lettre, comme en avaient probablement reçu des dizaines d'autres parents. Les expéditeurs n'imaginent pas les drames qu'une simple feuille de papier peut occasionner. Elle m'informait que Maéva n'avait plus de place au centre de loisirs. J'ai senti monter la panique. Je n'avais donc plus personne pour la garder les mercredis et pendant les vacances scolaires. Je n'en croyais pas mes yeux. Immédiatement, j'ai contacté la mairie pour vérifier s'il n'y avait pas d'erreur. Rien à faire, la décision était irrévocable. D'autres familles étaient prioritaires. Il ne me restait plus qu'à demander à aménager mes horaires professionnels. J'ai appelé ma responsable, qui tristement n'a pas trouvé de solution. Le mercredi était l'une des journées les plus chargées, et légalement, elle ne pouvait pas assumer seule une journée complète. Elle n'a pu que me conseiller d'entrer en relation avec la responsable région de l'enseigne pour trouver un autre poste.

Je ne suis donc jamais retournée à la boutique. Je n'avais pas le choix. Je voulais travailler. Mais, avec mes 650 euros de salaire, comment payer quelqu'un une journée par semaine et pendant les vacances scolaires ? Je n'en avais pas les moyens. Du jour au lendemain j'ai dû arrêter de travailler. De quoi allais-je vivre maintenant ? Je venais de passer une longue année à me battre continuellement pour trouver un boulot et un appartement, pour redresser la tête et, vlan, tout tombait à l'eau ! Je me retrouvais à la case départ. Moins de deux mois après mon emménagement…

La chute était brutale. Trop brutale. Je n'avais rien vu venir. Mais j'avais connu bien pire alors je gardais le moral. Les aides allaient me permettre de tenir le temps de trouver un autre travail. Dès le lendemain, j'ai repris le chemin des petites annonces.

Retour à la case départ

Les jours défilaient et je ne recevais toujours pas ma lettre de licenciement. J'ai appelé la responsable région. J'ai écrit à mes employeurs pour leur expliquer mon problème d'emploi du temps. J'ai même joint une photocopie de la lettre de la mairie. En attendant, je n'avais droit à rien. Je ne percevais pas mes 650 euros de salaire mensuel mais absolument rien non plus de la CAF pour compenser la perte de mon emploi. Comment allais-je tenir ? J'ai contacté la CAF. « Il nous faut votre lettre de licenciement. Sans elle, on ne peut rien », m'a rétorqué un employé. Toujours rien. J'ai fini par comprendre. Mes employeurs voulaient ma démission : évident, c'était bien moins coûteux ! Et j'ai refusé. Pourquoi aurais-je fait une chose pareille ? Je n'avais pas voulu ce qui m'arrivait.

J'étais perdue. Je ne savais plus quoi faire pour régulariser ma situation. J'ai fait mes comptes pour le mois d'octobre : 322,83 euros de la CAF, 265 euros d'aide au logement, 200 euros de pension alimentaire et 25,36 euros de résidu d'indemnités journalières de la sécurité sociale. J'avais un loyer de 456 euros, 30 euros d'électricité, 155 euros pour la nourrice et la cantine, 65 euros de téléphone… Soit un total de 812,89 euros de rentrées pour 706 de sorties incompressibles. Il me restait 106,89 euros. À peine plus de 3 euros par jour.

Heureusement, mes filles avaient leur père. J'ai appelé Éric pour l'alerter sur ma situation. En vain. Il venait de perdre son emploi de policier municipal. Non seulement il n'allait pas me donner un centime de plus, mais, en plus, il n'était plus lui-même en mesure de me verser la pension alimentaire. Le ton est monté. J'avais besoin de cet argent. Si lui ne pouvait pas, qu'il demande à ses parents. Pour leurs petites-filles. Il s'y est opposé. Ses parents n'étaient pas au courant de sa situation.

Comme toujours, mon seul recours était ma mère. Elle m'a proposé de se substituer à Éric. Sans elle, j'aurais commencé le mois dans le rouge. Malgré son soutien, il ne me restait toujours que 3 euros par jour pour vivre. Enfin, pour survivre. Comment allais-je subvenir aux besoins de mes enfants ?

J'ai rappelé la CAF. Les allocations pourraient pallier la pension alimentaire si je déposais une main courante contre Éric pour défaut de paiement. Au bout de la troisième, cela constituerait une plainte. Mon Dieu ! Je n'avais pas envie d'en arriver là. De toute façon, ce n'est qu'au terme de deux mois que la CAF interviendrait pour payer à sa place, selon un barême invariable : 87 euros par enfant, 174 euros pour deux enfants. Déjà Éric m'en voulait beaucoup d'avoir pris un avocat, alors là… Il fallait pourtant que je protège mes filles. J'étais coincée, car avec ou sans avocat, rien n'avait changé. Éric continuait à faire comme ça lui plaisait.

Je n'avais plus le choix. Je me suis rendue au commissariat de police de Saint-Germain-en-

Laye. À reculons, péniblement, le ventre noué. À l'accueil, deux policiers m'ont saluée : « Pourquoi êtes-vous là, madame ? Donnez-nous votre carte d'identité. Asseyez-vous ici. On vous appellera. » Il y avait du monde. Enfin, mon tour est venu. Cela faisait plus d'une heure que je patientais. On m'a interrogée : « Vos nom, adresse… Pourquoi êtes-vous là ? Qu'a fait votre ex-compagnon ? » Je ne comprenais pas. J'avais l'impression de subir un véritable interrogatoire. Je bredouillais. Je sentais le stress m'envahir, les larmes couler sur mon visage. Je ne savais plus. Je l'avais tant aimé… C'était un supplice de témoigner contre lui. Comment peut-on en arriver là ? J'avais l'impression de vivre un cauchemar. C'était pourtant la réalité. Une réalité méprisable. Je n'en pouvais plus. Je me suis mise à hurler dans le commissariat : « Arrêtez toutes ces questions. »

Ma mère était là, impuissante face à ma détresse. Elle m'a réconfortée tant bien que mal : « Calme-toi. Tu dois le faire. Je sais que c'est dur mais il faut te battre jusqu'au bout pour ce que tu as de plus précieux au monde :

tes filles. » Je suis rentrée chez moi le cœur déchiré de doutes et de regrets. J'avais déposé ma main courante. Cela n'a pas renfloué mon compte en banque pour autant.

Plus que 3 euros par jour

Mes placards sont à nouveau complètement vides. Je dois aller à Saint-Germain-en-Laye faire mes courses. Heureusement, le bus n'est pas trop loin. Maéva est grognon. Aujourd'hui, comme souvent, je l'ai gardée avec moi. La directrice de son école a beau nous avoir organisé un nouveau planning pour qu'elle n'aille à l'école que l'après-midi, je n'arrive toujours pas à l'y mettre tous les jours. J'ai cherché une autre maman avec laquelle partager les trajets, je ne l'ai pas trouvée.

Maéva ce matin ne veut pas sortir. Elle sait que ces visites au supermarché sont épuisantes. Elle préférerait jouer à la maison ou dans le petit square en bas. Mais je ne peux pas la laisser seule. Alors, à contrecœur je l'emmène avec moi. Le temps de la convaincre, de lui mettre son manteau, ses chaussures, de descendre les trois étages – il n'y a pas d'ascenseur – et de parcourir la centaine de mètres jusqu'à l'arrêt, nous ratons le bus.

Le prochain est dans une demi-heure. Je pourrais descendre la nationale jusqu'à l'arrêt d'une autre ligne, mais je ne suis pas sûr qu'il y ait davantage de bus, et de toute façon j'en ai bien pour vingt minutes. Alors, on attend. J'ai pris Maéva sur mes genoux. Je n'ai pas emporté de jouets ni de livres car je me charge le moins possible : le retour est souvent un vrai parcours du combattant. Au loin, j'aperçois la petite épicerie du bas de la rue. J'y vais très rarement, uniquement pour du dépannage, quand je ne peux pas faire autrement, car c'est trente pour cent plus cher que dans les grandes surfaces. J'essaye d'aller le plus possible au même supermarché : grâce à la carte de fidélité, j'obtiens des bons d'achat. Remplir mes placards me prend maintenant une demi-journée. Avant de partir, je mange toujours un peu, histoire de ne pas être tentée ! Je n'ai pas gros appétit, mais je sais que je dépenserai moins le ventre plein. Et dans mon sac, je prends ma calculette. Je compte tout ce que je mets dans mon caddie.

Je déteste faire les courses. J'ai des achats impératifs trop coûteux. Les couches pour les filles : environ 80 euros par mois. Le lait aussi. Il y a longtemps déjà que j'ai remplacé le lait de croissance pour les enfants par du lait normal, plus économique. Mais il reste cher. Surtout que les petites en consomment beaucoup. Je ne prends plus de viande rouge et rarement de la viande blanche. À l'occasion un peu de jambon. Et du poisson pané congelé. Quand je peux. Certains magasins sont plus ou moins intéressants, selon les produits et les promotions. Les boissons par exemple, sont moins chères dans les hard discount. Il faut constamment jongler entre les enseignes et, contrairement à ce qu'on essaye de vous faire croire, les premiers prix ou les prix de gros ne sont pas forcément avantageux. Parfois, ce sont même de mauvaises affaires qui vous poussent à dépenser plus. Mon budget est tellement serré que je ne peux me permettre d'acheter 5 kilos de pâtes avec une promotion intéressante, mais dont le montant est supérieur à celui de 3 paquets d'un kilo. Je n'aurais alors plus d'argent pour acheter de la sauce ou du beurre ! Et cela m'obligera à revenir plus vite.

J'ai renoncé à toutes les petites folies : pot de Nutella, yoghourts aux fruits, bonbons, poisson même en promotion… Trop cher. C'est une torture que de circuler dans un magasin rempli de bons produits et de finir comme toujours avec des conserves et des pâtes. Maéva râle : « Maman, maman, s'il te plaît, achète-moi des gâteaux Dora ! Oh maman, regarde cette tablette de chocolat ! Maman, je peux prendre ces bonbons ? » Les courses sont devenues un long marchandage, où malheureusement je n'ai rien à marchander… rien à offrir à mes filles. C'est douloureux de devoir leur refuser des choses aussi basiques que des gâteaux. Quand je peux, je leur achète une bricole. Oh ! trois fois rien : un magazine avec une surprise, une petite bague…

Elles envient les jouets de leurs amies. Maintenant elles ont l'âge de réclamer. Elles sont conscientes qu'elles sont différentes, que notre situation est difficile. Mais comment voulez-vous que des enfants soient raisonnables ? Surtout quand, autour d'elles, beaucoup ont tout. Parfois c'est même un peu indécent de voir tout ce que les enfants de leur âge possèdent ! Ces jeux qui coûtent le prix d'un mois de courses ou des vêtements de marque portés à la maternelle ! Mes filles ont l'impression d'avoir moins de chance que les autres, elles éprouvent déjà un sentiment d'injustice. Qui se traduit par ces vaines questions : « Mes copines en ont un : pourquoi pas moi ? » J'essaye au maximum de leur cacher nos problèmes. Parfois c'est difficile. Parfois je craque. Parfois même devant elles je n'arrive plus à faire semblant de ne pas être triste. Comment leur masquer que ça ne va pas quand chaque jour je me lève en me demandant comment je vais y arriver et que chaque soir je me couche en m'inquiétant pour le lendemain ? Et puis, les enfants comprennent tout.

En rentrant du supermarché, il se met à pleuvoir. Je marche en tirant d'une main Maéva qui refuse d'avancer et de l'autre mon chariot. Sous des trombes d'eau. Mais ce soir, j'ai le sentiment du devoir accompli. Les placards sont à nouveau fournis, le frigo aussi. Maintenant, il faut que je surveille notre consommation. Vivement demain. J'aime les jours qui suivent ma sortie au supermarché, car j'ai quelques produits frais qui améliorent l'ordinaire. On mange des soupes, des crudités. J'adore les carottes. Et puis des bons yaourts. Je garde quelques denrées pour la fin. Je sais que bientôt, on ne se nourrira que de pâtes. J'ai acheté des crèmes desserts en conserve. Je peux les garder longtemps. Et un soir, on en ouvrira une. Les filles seront contentes. Il faut éviter qu'elles ne chipent les deux paquets de gâteaux… Ils doivent durer au moins la semaine.

Je me couche. Fatiguée, mais soulagée.

Le retour du père

C'est le matin. On sonne. Cette nuit encore, Océane s'est réveillée toutes les deux heures. Elle fait des cauchemars, je crois. À mon tour d'être prise d'une sourde angoisse. Et si c'étaient les huissiers ? Ils n'ont aucune raison de venir. Mes vieux démons sont de retour. Non, bien sûr, ce n'est qu'Éric. Encore lui. Le comble est que depuis qu'il a perdu son emploi, il vient souvent à la maison ! Il ne sait pas trop quoi faire de ses journées. Il ne peut pas rester chez lui, puisque ses parents ne savent pas qu'il ne travaille plus. Donc soit il est chez moi, soit chez sa copine. On pourrait croire qu'alors, il va pouvoir garder nos filles plus régulièrement. Mais non, il refuse. Il dit vouloir « être libre ». Il veut bien le faire de temps en temps, mais à condition que cela ne soit pas fixé dans la durée. Comme toujours, il refuse de s'engager. En attendant, il ne me verse pas de pension mais il se sert dans mon frigo. J'ai désormais trois enfants à charge.

Les filles sont un peu perdues. Leur père est à la maison, pourtant il ne vit plus avec nous. Pour moi aussi, c'est difficile. Il sait jouer avec mes sentiments. L'enjeu, pour lui, est important. Il sait que si la CAF se substitue à lui pour le paiement de la pension, dès qu'il aura un salaire, elle prélèvera directement sur son compte l'argent qu'elle aura avancé... Cela l'inquiète. Il me supplie : « Ne va pas au commissariat. Cela va s'arranger. Ne te fais pas de soucis. Donne-moi un peu de temps. Je vais t'aider. Fais-moi confiance. » Il est si gentil, si doux. Pourtant, il faut bien que l'on mange. J'essaie de ne pas céder et je retourne au commissariat, mais je me sens sale. Toujours ce foutu sentiment de culpabilité. Mon Dieu, moi qui voudrais tout bien faire ! Je n'ai pourtant pas le choix. Même si je n'en vois pas vraiment l'intérêt, car la CAF ne me verse toujours pas la pension.

En attendant, je replonge dans les bras d'Éric. Je me mets à y croire à nouveau. Pourtant je sais, grâce à Facebook, grâce à des amis « bien intentionnés », qu'il a d'autres copines, qu'il fait la fête avec elles, utilise son argent pour leur offrir sorties et cadeaux. Il me jure que non. Moi, je ne sors plus, je n'ai pas les moyens. Je ne vois que les amis qui passent à la maison. Mais avec les filles qui ont du mal à dormir, ce ne sont pas de bonnes soirées. J'écoute d'une oreille ce qu'ils me disent, tout en surveillant de l'autre les petites. Mes amis se plaignent, ils me reprochent de ne pas être attentive. C'est vrai. Je suis d'abord une maman.

Je regarde ainsi le temps défiler, ma vie s'accélérer, ma jeunesse s'envoler. Avec Éric, je n'arrive pas à couper définitivement les liens. Mes proches me demandent comment je peux encore l'aimer, après tout ce qu'il m'a fait. Je continue à vouloir l'aider, à espérer que tout s'arrangera et qu'il tirera lui aussi un jour la leçon de ses erreurs. Je lui conseille de parler à ses parents de la perte de son emploi, je lui dis qu'il se sentira ainsi libéré. Il refuse. Je perds patience. Je le menace de les appeler. Il s'énerve. Il hurle : « Je te préviens, si tu leur dis quoi que ce soit je défonce ta porte, puis toi ensuite. » Il reste là pendant ses supposées heures de travail, puis il rentre chez lui vers 1 heure du matin. Ou parfois il reste. Et je recommence à tout accepter : à accepter qu'il en aime d'autres, qu'il ne s'occupe pas de ses filles, qu'il ne paye pas la pension. Intuitivement j'ai compris : maintenant qu'il a en pris l'habitude, il ne me la versera plus jamais !

Fin octobre, je reçois une nouvelle lettre de mon employeur : il refuse de changer mes horaires et demande un justificatif pour mon absence. Je le lui ai déjà envoyé. Je suis à sec. Je n'ai plus d'argent.

Je n'ai plus rien

Le 3 novembre, encore une lettre, cette fois-ci, de la CAF. Alors que je pensais qu'elle allait m'annoncer la régularisation de ma situation, je lis, sans y croire : « Il apparaît après calcul que pour l'allocation de parent isolé (API) vous avez reçu 163,08 euros alors que vous aviez droit à 29,74 euros. Vous nous devez 133,34 euros. » Pourtant, quand je regarde les montants de l'API dans la brochure de la CAF, là aussi je reste interdite : c'était 778 euros pour un parent avec enfant plus 194 euros par enfant supplémentaire, soit dans ma situation 972 euros. Bien sûr, cela varie en fonction des ressources. Mais, dans mon cas, le calcul est simple : je n'en ai pas. Pourquoi n'ai-je pas le maximum ? Impossible d'obtenir de réponse.

Je ne comprends pas non plus pourquoi je n'ai pas droit au RMI, dont le montant est de 818 euros pour une personne seule avec deux enfants ; j'ai une amie de mon âge qui touche plus que moi et qui n'a pas d'enfant. On m'explique que c'est parce que je rentre dans la case API. Mais à ce compte là, 29,74 euros, je n'en veux pas ! Donc maintenant je dois de l'argent à la CAF ! C'est à n'y plus rien comprendre. Pendant trois mois, cet organisme va prélever 37 euros sur mes 322 euros d'allocations. À compter de novembre. 37 euros, c'est une semaine de course ! Pour régulariser ma situation suite à la perte de mon emploi, il faut des papiers à n'en plus finir. Mais dans l'autre sens, quand à leurs yeux c'est moi qui ai bénéficié d'un trop-perçu, d'un coup, tout va très vite !

Le 19 novembre, je suis convoquée à mon entretien de licenciement. Un mercredi ! C'était justement parce que je ne peux pas sortir les mercredis que je ne peux plus travailler… Je n'ai personne pour garder Maéva. Pour couronner le tout, elle est malade. Impossible de m'y rendre. J'ai épuisé mon forfait de téléphone, je ne peux plus m'en servir. Je ne sais pas comment faire pour prévenir ma responsable et la responsable région. Dix jours plus tard, je reçois une ultime lettre en recommandé : je suis licenciée « sans préavis ni indemnités pour faute grave ». À leurs yeux, je n'ai fourni « aucune explication recevable ni justification » à mon absence. Selon moi, j'ai envoyé ce qu'il fallait. J'ai le sentiment de payer très cher mon statut de mère célibataire. Je ne peux rien faire d'autre que renvoyer un courrier. Sans succès. Il me faut encore attendre deux mois avant d'être officiellement licenciée. Deux mois pendant lesquels je ne touche encore rien de la CAF pour compenser la perte de mon salaire. Deux mois sans rien. Enfin, si : mes 3 euros par jour, si on ajoute aux allocations les 200 euros de ma mère. Sans parler de mes 500 euros de dettes, dont elle s'est acquittée aussi.

Faute grave, cela signifie que je n'ai pas le droit aux assedic. De toute façon, des personnes « bien intentionnées » m'ont expliqué que je n'avais pas assez travaillé pour toucher le chômage. Je vais quand même pouvoir enfin régulariser ma situation auprès de la CAF. Sauf qu'elle me demande de nouveaux documents. Je passe ma vie à leur envoyer des justificatifs ! Pour la pension, pour la perte de mon emploi, pour les filles… Est-ce qu'ils ont une idée du prix que ça coûte en timbres ?

Le coût de la vie

Il existe tout un tas de dépenses auxquelles on ne porte pas attention. Des dépenses qui ne constituent pas un luxe, qui ne sont pas non plus vitales, mais que malheureusement on ne peut pas éviter. Avant, je les faisais sans y penser. Maintenant je dois calculer. En m'assurant que je ne peux pas faire autrement. Prenez les timbres. Un timbre coûte 56 centimes, 51 centimes si vous envoyez votre lettre en « économique ». Une dépense qui paraît inutile à l'heure d'Internet, ou alors juste pour envoyer une carte postale aux grands-parents pendant les vacances ? Faux. Pour toute correspondance avec les services sociaux, la mairie, les organismes d'État, mais aussi pour payer les factures de téléphone, d'électricité, le loyer, les charges… il faut une enveloppe timbrée. Payer par virement automatique m'ôte toute marge de manœuvre, toute possibilité de gagner quelques jours. Régler par chèque me permet de gagner un temps précieux. Le temps, c'est de l'argent, surtout quand votre banque vous fait payer des agios au premier jour d'un solde négatif. Idem pour trouver un emploi. Il faut sans cesse envoyer des CV et des lettres de motivation. C'est un investissement. Quand vous avez l'espoir de trouver un travail, quand vous savez que vous avez vos chances, alors sûrement que cela vaut le coût de vous priver, de priver vos filles de produits frais, de fruits et légumes. Mais ces démarches sont souvent inutiles. Il n'y a qu'une chance sur un million de recevoir une réponse positive à une lettre de motivation spontanée. Quand on a compris cela, on cesse de tenter sa chance.

Pour suivre ses comptes, pour vérifier certaines factures, pour postuler à certains emplois, on peut utiliser Internet. Internet ! Le moins cher des fournisseurs d'accès demande 30 euros par mois. Et avec, il y a toujours le téléphone et ses factures faramineuses ! Quand vous n'allez pas très bien, que vous êtes isolée, le téléphone reste un fil relationnel vital. Mais cher. Très cher. Le mieux est donc de se passer de téléphone fixe pour ne pas être tentée de s'en servir et de se limiter à un forfait bloqué sur le portable. Hier encore, une amie m'a lancé : « Mais enfin, comment peux-tu te payer ce luxe ? Tu n'as pas de quoi acheter à manger à tes filles, mais tu as un portable ? » Ce sont des phrases que j'entends trop souvent. Imaginez une seconde une vie sans téléphone. Impossible ! Les remarques de ce genre, je préfère les oublier. Le téléphone est tout simplement un outil indispensable. Des aides inférieures à ce à quoi vous vous attendiez, un versement non conforme, un retard, une question ? Il faut appeler de toute urgence les organismes sociaux. Surtout quand, comme moi, vous dépendez des allocations pour survivre. Déjà, au téléphone, les délais d'attente peuvent être très longs, mais sans cet outil, vous êtes obligé de vous rendre pour chaque problème – et Dieu sait s'il y en a souvent – dans votre centre de la CAF, à l'ANPE, à l'espace territorial... Entre une demi-heure et plus d'une heure de trajet. Et ensuite, on prend un ticket, et qui sait combien de temps durera votre attente ? Dix minutes, une heure, deux heures, la journée ?

Trouver du travail ? Idem. C'est souvent la rapidité qui paye. Vous voyez une annonce, il faut téléphoner à l'instant. Obtenir une place en crèche ? C'est pareil. Vous devez prouver que vous êtes désespérée. Et comment cela se montre ? En téléphonant tous les jours. C'est d'ailleurs le conseil que l'on m'avait donné. Joindre votre avocat pour discuter des détails de vos procédures, appeler votre banque pour les prévenir d'un découvert avant qu'elle ne vous ponctionne trop de frais, prévenir d'un empêchement avant un rendez-vous, un entretien, trouver un médecin pour votre enfant malade... pour tout cela il faut un téléphone. Vous n'imaginez pas quels problèmes l'absence d'un téléphone peut entraîner. Sans compter qu'il est aussi indispensable pour la vie sociale, essentielle pour le moral, essentielle pour avancer. Je vis dans une résidence excentrée. Je n'aurais absolument plus d'amis sans téléphone. Personne ne se déplace sans savoir si vous êtes chez vous. Non, le téléphone n'est pas un luxe.

Ah oui ! il y a les cabines téléphoniques. Mais il n'en n'existe presque plus. Plus assez rentables. En tout cas en banlieue, c'est comme ça. Et quand vous en voyez une, généralement elle est hors service. Si, par chance, elle fonctionne, il vous faudra encore une carte dont le premier prix est 10 euros. Dix euros ! Je ne les ai jamais. C'est vrai que l'on peut aussi payer avec une carte bancaire. Enfin… pas avec toutes. La mienne ne m'autorise qu'à retirer dans les distributeurs de ma banque.

L'argent m'a vaincue

L'argent m'a vaincue, écrasée, anéantie. Cette course après lui me tue lentement. L'argent n'a plus de valeur. Que fait-on aujourd'hui avec 10 euros ? Plus rien. Le coût de la vie a tellement augmenté, sans que ni les aides ni les salaires suivent. Tout est trop cher. Ce que je reçois passe presque intégralement dans mes dépenses incompressibles : loyer, charges, nourrice, cantine, téléphone… Il ne me reste plus rien. Ou si peu. Je cours après l'argent et il n'a plus d'utilité. En revanche, rapidement, il devient une obsession. Moi qui autrefois vivais sans trop regarder à la dépense, aujourd'hui je fais attention à chaque centime. Chaque achat est réfléchi. Avant de l'avoir vécu, vous ne pouvez soupçonner à quels trésors d'imagination il faut avoir recours pour réussir à s'en sortir dans ces conditions. Impossible d'établir un budget. Comment fait-on un budget avec moins de 100 euros par mois ? On vit au jour le jour dans l'angoisse de la fin du mois. Et je préfère ne pas imaginer que mon frigo me lâche, ou ma gazinière. Je ne pourrais pas les remplacer.

Au quotidien, j'en connais des combines pour ne pas dépenser d'argent. J'ai calculé : le mieux que je puisse faire, c'est 120 euros de courses pour un mois. 3,90 euros par jour pour nous trois. Pour sept repas en tout, puisque à midi, officiellement, les filles sont à la crèche ou à l'école. 55 centimes le repas ! N'envoyez pas un nutritionniste chez moi. Surtout en fin de mois, quand il n'y a plus rien de frais. Il pourrait s'étrangler. Je fais de mon mieux pour que ce soit à peu près équilibré. Je suis une « équilibriste des courses ». Je mélange les produits bas de gamme, les premier prix, quelques yaourts, des crudités, des soupes en boîte, des fruits en conserve. Je prépare des plats qui durent longtemps : des pâtes, des quiches ou un couscous pour trois jours. Ma grand-mère me fait de la purée. La viande rouge, j'ai oublié son existence. Mais, parfois, je nous permets du poisson pané. Le premier prix n'est pas mauvais. On le voit orange, mais en fait il est correct. Même Océane, qui est pourtant difficile, y a pris goût. Surtout, j'invente des sauces pour les pâtes. Ou plutôt des noms de sauce ! Cela fait rire mes filles ! Heureusement d'ailleurs.

Pour les habits c'est la même chose. J'ai découvert les encombrants. Pour faire court, ce sont les poubelles. Enfin, pas les poubelles des rues. Je n'ai jamais réussi à fouiller dedans. Je vois des gens le faire, j'espère ne pas en arriver là. Les encombrants, il y en a dans mon immeuble. Les gens s'y débarrassent de tout ce dont ils ne veulent plus. On y déniche des trésors. Ce mois-ci, j'ai trouvé trois jupes et deux hauts à ma taille ! C'est rare, je suis vraiment menue. J'ai eu de la chance. Un des T-shirts était décoré avec du strass, sur l'autre était inscrit le chiffre 6, mon chiffre porte-bonheur ! Ils étaient dans un sac bien fermé. C'est là qu'on trouve les meilleures affaires… L'autre jour, il y avait de belles bottes Zara, qui semblaient neuves, en 36. Ma pointure ! Mais ce n'est pas tout. La table qu'il y a sur mon balcon, c'est de là qu'elle vient. La commode du salon aussi. Si vous passez à la maison, vous ne pourrez jamais imaginer qu'autant de meubles ont été récupérés. J'y vais tous les jours. Juste pour voir si je tombe sur quelque chose. Le mois dernier, il y avait des jeux pour enfants. Je suis revenue avec une petite ferme en plastique. Quelle fête m'ont faite les filles !

Parfois, je suis bien obligée d'acheter quelques affaires. Je ne me rends que dans les magasins à prix cassés et de temps à temps à la Croix-Rouge. Le pire du pire, ce sont les chaussures. Les prix sont démentiels. Et je les use d'autant plus que je fais tout à pied. Grâce à la mairie, à la carte « solidarité transport », je ne paye que 50 % sur les transports en commun. Mais c'est quand même 85 centimes d'euro le ticket. Alors je marche. Et je fais durer les chaussures au maximum, jusqu'à ce que j'aie honte. Honte du regard des voisins, honte pour mes filles aussi qui me disent : « Mais maman, elles me font un peu mal les chaussures. » Alors, je vais au Chinois. C'est comme ça ici qu'on l'appelle. Vraiment, ce n'est pas cher. La semaine dernière, j'y ai fait l'acquisition de quatre paires pour les filles pour un total de 18 euros ! Une payée, une offerte... Une fois, je me suis acheté une paire de bottes à 15 euros. J'en rêvais. Et hier, au supermarché, j'ai trouvé pour les filles des imitations Converse à 9 euros la paire. J'espère qu'elles vont tenir un peu. Car celles du Chinois ne durent jamais bien longtemps. Au maximum deux mois. Si j'avais acheté de « vraies » chaussures, elles auraient résisté plus longtemps, et au final cela m'aurait coûté moins cher. Sauf, que débourser d'un coup 40 euros, c'est impossible. C'est mon budget de nourriture pour une semaine !

Cette guerre contre l'argent, je l'ai perdue. Là, je n'en ai plus et mes systèmes D sont à sec ! Comment vit-on sans argent ?

Une vie sous surveillance

Depuis toute petite, j'ai été bercée par ces mots : « Tu es nulle, tu n'auras jamais ton bac, tu finiras caissière à Carrefour. » Ma mère était très malheureuse après sa séparation avec mon père. Parfois elle s'en prenait violemment à moi. J'ai du mal à dépasser tout ça. À me construire sur autant d'échecs. Invariablement, j'entends que je suis incapable. Et si c'était vrai ?

Dans un sens, ils n'ont pas franchement tort. Je suis dépendante. Ma survie dépend des services sociaux. Je tends la main en permanence. Je rends des comptes pour chaque geste que je fais, chaque achat, chaque prise de décision. Un membre du Lien yvelinois vient régulièrement vérifier si mon appartement est bien tenu et si je gère correctement mes ressources. Une éducatrice pour les filles, toutes les deux semaines, observe si je suis une bonne mère. Inlassablement, elle me martèle que je ne sais pas m'y prendre. Elle se fâche parce que Maéva n'est pas à l'école, parce que Océane n'est pas propre. Sans conseils, sans réponses concrètes. J'ai été contrainte d'accepter ce suivi pour que mon assistante sociale soutienne ma demande de logement. Mais c'était un piège ! Car ainsi j'ai admis officiellement que je suis irresponsable, incapable d'assumer mes filles.

Même mon assistante sociale me fait la morale, vérifie comment je passe mes journées, les démarches que j'ai entreprises. Et ma mère fait mes comptes, gère ma vie… s'énerve. Elle me répète : « Mais bats-toi, bon sang. Fais les papiers pour la pension. Quoi ? Tu n'es pas allée au commissariat aujourd'hui ? » Elle oublie qu'elle n'a jamais elle-même réclamé de pension à mon père. Toutes ces personnes-là veulent sûrement mon bien. Mais je suis devenue un robot téléguidé. Je me sens tellement surveillée – même par mon ex qui débarque à l'improviste pour vérifier que personne d'autre que lui ne partage mon lit – que cela me paralyse. Et si je fais cela, n'est-ce pas une erreur ? Que vont penser mon assistante sociale, ma mère... ? J'en ai marre d'être traitée comme une enfant. C'est humiliant. Personne ne me demande jamais mon avis. J'ai l'impression de n'être pas prise au sérieux. On ne me questionne pas sur ce que j'aime. On s'inquiète des nouvelles des filles, jamais des miennes. Pour l'heure, ma vie consiste à changer des couches, à faire à manger, à nettoyer, à faire les courses. Couches, ménage, repas. J'ai le sentiment de ne plus exister.

Parfois j'ai envie de fuir. De partir loin, de faire le vide. Les gens viennent chez moi, font ce qu'ils veulent, se servent. Peut-être faudrait-il que je sois plus agressive ? Une fois, j'ai craqué. C'était il y a deux semaines. Je n'ai pas ouvert à l'éducatrice. À travers la porte, j'ai hurlé : « J'en ai marre d'avoir tout le temps des gens autour de moi. Laissez-moi respirer. » Je voudrais vraiment respirer, juste quelques jours, sans avoir dix personnes à prévenir.

L'enfer, c'est les autres !

Chaque jour est une bataille. Je fais des sacrifices en permanence pour mes filles. Alors forcément, il m'arrive de craquer : je m'achète une bricole. Mon Dieu, qu'est-ce que je le regrette ensuite ! J'ai peur qu'on me le reproche. D'ailleurs aujourd'hui, quand ma mère voit un nouveau vêtement chez moi, elle me dit : « Mais qu'est-ce que c'est que ça ? » Je suis obligée de tout cacher. C'est fou où j'en suis arrivée. Lorsque j'ai décidé d'écrire ce livre, j'ai reçu une avance sur mes droits d'auteur. La première question qui a fusé de mon assistante sociale et de mes proches a été : « Qu'est-ce que tu vas faire de ces sous ? » Est-ce que je leur demande comment ils utilisent leurs salaires ? J'ai commis la terrible erreur d'aller chez le coiffeur. Que m'a-t-on dit ? « Quoi ? Tu vas chez le coiffeur alors que tu n'as pas d'argent, que tu dois rembourser tes dettes, que tu dois assurer l'avenir, que tu devrais économiser ? » Pour finir par ces mots : « Tu es égoïste. Tu ne penses qu'à toi. »

Jamais je n'ai le droit de me laisser aller.

Même d'être déprimée, cela m'est refusé. Je dois avancer, ne pas flancher. Si un matin je dors, et je laisse mes filles se débrouiller seules, on me fait la morale. Pourtant, j'en connais des parents qui le font. J'en connais même qui auraient largement les moyens de s'offrir les services d'une baby-sitter, mais qui sortent au restaurant en laissant leur enfant chez eux, dans son lit, sans surveillance. Je rêve d'une grasse matinée. Une seule. D'une journée à moi. Je me lèverais tard. Tranquillement. Je prendrais un long bain. Je déjeunerais en ville avec une copine. J'irais me promener. Le soir je regarderais un film, chez moi, en mangeant des pâtes, sans être interrompue par les cauchemars des filles. Ou j'irais à la pizzeria avec des copains. Et si je suis en forme, j'irais danser… Toutes ces choses qui semblent banales et qui, pourtant, me sont interdites. Et je vois bien qu'avec mes amis, nous sommes décalés. J'aimerais tellement être insouciante, être comme eux. C'est dur aussi, cette solitude. Personne à mes côtés, personne pour me remonter le moral, personne pour partager les bons et les mauvais côtés de la vie, personne pour voir grandir mes filles avec moi, sourire de leurs premiers mots, de leurs premières bêtises…

Mais le pire, c'est que, quand je suis fatiguée, j'ai l'impression que les gens sous-entendent que je suis une fainéante. Que je n'ai pas de motivation. Que de vivre des aides sociales me convient. La femme du patron de ma mère lui a dit : « Je veux bien amener les filles de Nelly à l'école à condition qu'elle travaille. » Comme s'il suffisait de le vouloir. Tous les jours, c'est comme ça. C'est de ma faute si je n'ai pas d'emploi… Or, c'est l'inverse. J'ai d'abord besoin d'avoir une solution pour mes filles pour en trouver un. Et je sais que la seule façon de couper ces cordes qui m'attachent à mes proches, à mon assistante sociale, à tous ces gens qui gèrent ma vie, c'est un emploi.

Je montre un visage abattu, sans espoir, et la terre entière me tombe dessus… Toujours donner l'impression de se battre, de ne pas être écrasée par la vie. Sinon, je ne suis qu'une assistée vivant sur le dos de l'État. Je suis comme tout le monde, parfois abattue, déprimée… Parce que assistée par le système, je ne devrais pas avoir d'autres besoins que de me nourrir et nourrir ma meute ? Je ne suis pas un animal. Rendez-moi ma dignité. C'est pareil pour mes filles. On n'accepte pas qu'elles soient turbulentes, mal habillées, fatiguées, grognons. « Cela cache un problème. La mère est-elle bien capable de s'en occuper ? » semblent penser les gens. Mais les enfants des riches sont souvent très mal élevés ! Et là, personne ne trouve rien à redire. Personne ne juge les parents. Ou, en tout cas, cela se limite à un regard désapprobateur, une remarque un peu désobligeante. Pas à une critique ouverte de leur rôle de parent. Surtout, eux, ne courent jamais le risque que leurs enfants soient placés. On me répète que je ne suis pas à plaindre. Que d'autres connaissent de plus grandes difficultés. Que finalement, j'ai encore un appartement et ma mère. Que peut-on répondre à cela quand votre quotidien est un enfer ? Oui, il existe des situations plus dramatiques que la mienne. Mais je ne vis pas. Je survis. C'est une expression qui a du sens, croyez-moi.

Je voudrais tellement que mes filles soient comme les autres. Que peuvent-elles raconter à leurs amis ? Qu'elles ne vivent que grâce à leur grand-mère, qu'elles s'habillent uniquement à la Croix-Rouge ou aux encombrants ? Quelle terrible image d'elles-mêmes cela leur renvoie ! Et de leur mère, incapable d'en faire plus… Mon Dieu, pourvu que je tienne ! Certains jours, je ne peux même rien avaler, tellement j'ai le ventre noué, et je me force à manger parce que je sais qu'il le faut. Mais j'ai encore maigri. Je pèse 43 kilos. C'est trop peu.

Pour mon assistante sociale une mère fatiguée, c'est une mère dépressive. Non, je suis juste fatiguée. Assurer seule 24 heures sur 24 heures, c'est épuisant.

À quoi bon ?

Le temps s'écoule jusqu'à ce jour, où, vraiment, à force de fatigue et d'incompréhension, en vous réveillant, vous finissez par penser : « À quoi ça sert que je me lève ? » Ma vie me paraît irrémédiablement ratée. Le temps n'existe plus. Les jours défilent et se ressemblent. Un long et monotone tunnel. Sans issue. Alors à quoi bon ? C'est une lente descente aux enfers avec parfois des phases de rémission. Car je finis par me lever. Surtout parce que j'ai mes filles. Grâce à elles, en général, j'arrive à repartir. Cette force qui me manque parfois, je la puise en elles, dans l'espoir de leur assurer des jours meilleurs. Parfois, je me retourne sur mon passé. Malgré ce que les gens peuvent penser, je sais qu'un jour, dans ma vie, j'ai réussi. Je me levais avec les filles, je les préparais, je les emmenais chez la nourrice et j'allais travailler. Le soir je rentrais, épuisée, mais d'une bonne fatigue. J'étais heureuse.

En attendant, il me faut parer au plus pressé. Trouver des solutions pour manger demain, pour manger aujourd'hui, pour manger ce soir. Je me rends à mon rendez-vous avec mon assistante sociale. Elle étudie mon dossier. Et semble démunie. Elle me conseille de demander à la mairie des tickets service. C'est tout ce qu'elle peut faire. J'espérais qu'elle pourrait enfin régulariser ma situation avec la CAF... Je prends les tickets. C'est toujours ça de gagné. Ils ressemblent aux tickets restau, sauf qu'on les utilise pour faire les courses dans les grandes surfaces. Enfin, ici, il n'y en a qu'une qui les accepte, dans le centre de Saint-Germain, à trois quarts d'heure de chez moi. J'ai droit à 68 euros de bons par mois. Une respiration de courte durée.

L'épicerie sociale

Cela fait deux mois maintenant que j'ai reçu cette lettre de la mairie m'annonçant que Maéva n'irait plus au centre. Tous mes sacrifices des mois précédents n'ont servi à rien. Et bientôt Noël. Mon dieu que c'est triste. Je n'ai même plus de tickets service, tous sont utilisés. Je ne peux plus faire appel aux amis, à la famille, je leur ai déjà trop demandé. Pour eux aussi, c'est dur. Et pour moi, quel aveu d'échec que de les solliciter encore et encore… Je vois bien que je les embête. Je retourne voir mon assistante sociale. Encore aujourd'hui, après toutes mes déconfitures, je crois aux miracles ! Et bien sûr, elle n'a rien pour moi. C'est difficile pour elle aussi, toute cette détresse et rien qu'elle puisse faire. Elle me propose de me rédiger une lettre pour l'épicerie sociale. Il ne reste plus que cette solution, la dernière ! M'y rendre, c'est accepter d'être tombée en bas de l'échelle. J'y suis pourtant obligée.

Et me voilà en route pour ce dernier refuge avant la misère. Ça y est, j'y suis. D'après le panneau, cet espace appartient à la paroisse. Le soleil lèche les marches de la petite église. L'épicerie sociale est en face. La salle d'attente est plutôt agréable. Presque accueillante. Heureusement, parce que si j'en crois les gens qui y sont, il faut patienter parfois des heures. Il y a des chaises, un canapé. Ce dernier est en fait la banquette du camion, garé dans la cour, qui sert à aller chercher les aliments ! Posés sur une petite table, des gâteaux, des bonbons et même de quoi boire un café ou un thé. Des femmes discutent, quelques enfants jouent. Dehors, une poignée d'hommes fument. Certains dorment dans des foyers. D'autres ont connu la rue et la fréquentent sûrement encore.

C'est fou comme c'est diversifié la pauvreté. Je ne m'attendais pas à ça. Là, il y a un couple d'Algériens. Ils sont si souriants. Dans une autre vie, lui était chef d'entreprise, directeur d'une société de tourisme et elle gérait un atelier de confection. Il est venu il y a deux ans pour une simple visite médicale. Et il a appris que son état était grave. « Une affaire osseuse », me dit-il. Il a dû rester en qualité de malade étranger. Avec sa femme, ils ont des cartes provisoires qui ne leur permettent pas de travailler. Il dit que chez lui, en Algérie, il était même un peu reconnu comme musicien. Ils sont là, si dignes, à attendre. Et cette vieille dame. Elle est discrètement maquillée. Elle est tellement classe, avec ses habits à la mode d'hier. Je n'ose l'approcher. Une bénévole me confie que les personnes âgées sont de plus en plus nombreuses. Les loyers, le prix des courses augmentent terriblement, mais pas les retraites. Il y a aussi cette mère de famille. Elle n'a plus de mari. Elle élève seule ses deux enfants, des adolescents. Et depuis des années, faute de trouver un emploi suffisamment rémunéré, elle les nourrit grâce à l'Arbre à pain. Oh bien sûr, parfois elle travaille, mais toujours à mi-temps, toujours pour de courtes durées, souvent sans être déclarée. La galère, elle y est inscrite pour la vie, confie-t-elle en riant. C'est drôle. Ici, personne ne fait miséreux. Ici, personne ne semble triste. Ici, tous essayent, malgré leurs soucis, d'être gais. Comme si la pensée du Caddie plein redonnait du courage, effaçait les ennuis. Du coup, c'est presque chaleureux. Peut-être parce que nous sommes à Saint-Germain-en-Laye, dans une banlieue chic de Paris. Peut-être parce qu'il y a du soleil. Peut-être grâce à Marie qui m'accompagne.

Je ne voulais pas venir seule. Le pas était trop dur à franchir. Mon amie Marie est pleine de vie. Elle me rassure. Elle a six ans de plus que moi. Ce n'est pas la première fois qu'elle se rend à l'Arbre à pain. Pourtant, un jour, elle a connu « la belle vie » comme elle dit. La vie sans souci financier. Elle était gérante d'un magasin de photo. Puis avec l'arrivée du numérique, sa boutique a fermé, elle a perdu son emploi. Et les ennuis se sont accumulés. Cette année, pour la première fois, son fils de treize ans est parti vivre chez son ex-mari. Elle n'a plus les moyens de s'en occuper. Moi, je ne peux pas imaginer qu'on me retire mes filles.

Et ce n'est certainement pas leur père qui en aura la garde.

Marie est donc passée me prendre avec sa voiture. J'ai remarqué que souvent, en banlieue, quand les gens n'ont plus rien, il leur reste leur voiture. Ils s'y accrochent, comme le dernier symbole de leur richesse passée. L'essence coûte cher, et au moindre pépin, ils ne peuvent payer les réparations. Elle dort sur le parking. Mais, là où je vis, sans voiture, on n'est pas grand-chose. Tout est loin. Tout est enclavé. Moi, par exemple, je n'habite pas si loin de l'Arbre à pain, mais pour m'y rendre, c'est toute une affaire.

Mon immeuble est situé au bord de la nationale reliant Paris, Saint-Germain-en-Laye et Versailles. Je dois d'abord prendre un bus qui ne passe que deux fois par heure, pour la gare RER de Saint-Germain. Là, soit je change de bus, soit je marche vingt minutes. En tout, si je devais me rendre à l'épicerie sociale par mes propres moyens, je mettrais plus d'une heure. En espérant avoir une bonne correspondance. Idem au retour. Sauf que là, j'aurais du mal à revenir les bras chargés de courses. Je suis trop menue. Je pèse 43 kilos pour 1,55 mètre. Comment porter les packs de lait, les bouteilles d'huile, les kilos de pâtes ?

Avec Marie, on s'est installées dehors, sur les marches de l'église. Elle fume en patientant. Bientôt les bénévoles nous appelleront. Marie connaît les usages. On s'est inscrites sur un registre. J'ai dû montrer la lettre que m'a faite mon assistante sociale. Sans ce sésame, les portes des épiceries sociales – qui sont des associations – restent closes. C'est pour empêcher les abus, pour être sûr que ceux qui viennent sont réduits à cette extrémité, en l'absence d'autre solution, d'autre moyen de subsistance. Mais c'est aussi pour vous obliger à vous insérer dans le tissu de l'aide sociale. Que l'État ne vous perde pas dans la nature avec vos enfants.

Ah ! Les bénévoles nous appellent. On entre dans une pièce, adjacente à la salle d'attente. Derrière un comptoir, des femmes s'activent dans des petits rayons comme dans un supermarché à la recherche des produits dont on a besoin. C'est une enfilade d'étagères en bois, quatre ou cinq rangées, puis des frigos et un congélateur. Sur une table, des fruits, des légumes, du pain, des viennoiseries. L'épicerie s'approvisionne à la Banque alimentaire, et je crois aussi que certains supermarchés, et même une boulangerie, donnent des invendus, des denrées qu'ils ont en trop, ou qui sont bientôt périmées. Là par exemple, il y a une cinquantaine de tartes aux pommes ! Ce n'est pas par pure bonté que les supermarchés cèdent ces produits. Ça leur évite des frais pour les mettre à la poubelle. Surtout ces dons sont déductibles des impôts. Tout le monde est gagnant. Et l'Arbre à pain peut ainsi se fournir en produits frais, que ne possède pas en quantités suffisantes la Banque alimentaire. Une bénévole m'a expliqué que c'est de plus en plus dur de s'approvisionner. Aujourd'hui les supermarchés préfèrent revendre leurs produits presque périmés aux magasins discounts spécialisés dans ce genre de marchandise. Et les gens donnent moins à la Banque alimentaire, ou alors des produits moins coûteux. Ainsi, les épiceries sociales ont du mal à obtenir de la viande, des produits surgelés, des produits d'hygiène, des couches…

Ce jour-là, assise sur les marches de la petite église, je me fais la promesse que, si je m'en sors – je ne parle pas d'être riche, mais de pouvoir vivre à peu près normalement –, je donnerai de ces produits à l'occasion de la collecte annuelle de la Banque alimentaire dans les supermarchés. Jusqu'à présent, je voyais bien tous ces gens devant les magasins qui tendent des sacs en demandant des dons. Mais, je l'avoue, je me demandais à qui ça profitait. Aujourd'hui, je sais qu'avec un paquet de pâtes, vous pouvez nourrir deux personnes pendant deux jours. Alors il ne faut pas hésiter à donner pour que des familles dans le dénuement puissent s'en sortir. Si tout le monde faisait un geste, je crois bien qu'il n'y aurait plus de misère.

Enfin. Ici, à l'Arbre à pain, tout est bon. Heureusement. En venant je craignais que les produits soient tous périmés. Ou en fin de vie. Ou qu'il n'y ait que des pâtes et des conserves. La nourriture de la précarité ! En fait, pas du tout. Il y a même de la viande. Et pas seulement du porc ou du poulet – la viande des pauvres –, aussi du bœuf ! Et surtout il y en a pour tous les goûts. Je vois même du chocolat. La bénévole me dit en souriant : « C'est bon pour le moral. » Ça aussi c'est important ! Les femmes qui s'occupent de l'endroit sont douces. C'est un réconfort. Ici, on demande ce dont on a besoin. Sans restriction. Les bénévoles ont même tendance à compléter votre panier avec de bons produits. Je prends de l'huile, du beurre, les denrées qui sont chères. Et celles qui ne se périment pas, genre pâtes, riz, sucre, thé, chocolat en poudre – je ne bois pas de café… Mais aussi des soupes en carton, des crèmes dessert, du fromage, des « Vache qui rit », des Kiri, du Nutella, des yaourts pour les filles, du lait, des couches, et même un gel douche pour moi ! De quoi tenir un peu. Jusqu'à lundi prochain. Puis au lundi suivant. Puis encore au lundi d'après… Toute la vie, je me dis ce jour-là. Pourtant, je n'y suis jamais retournée.

Et aujourd'hui ?

Il est des basculements dans les deux sens. Pas uniquement qui fassent chuter. En me rendant à l'Arbre à pain, il y a moins d'un an, j'étais incapable d'imaginer que ma vie allait prendre un nouveau chemin. Sur place, j'ai rencontré une équipe de *Paris-Match* qui travaillait à un article sur les « nouveaux pauvres ». Je leur ai raconté mon histoire. Ils sont revenus me voir à plusieurs reprises. J'ai accepté que mes filles et moi soyons prises en photo. Une semaine plus tard, l'article est paru. Quatre pages. Avec une accroche en une du magazine.

Et le cours de mon existence a changé. Ç'a été le début d'une incroyable aventure, démarrée à la veille des fêtes de Noël. À la lecture de *Paris-Match*, de nombreuses personnes ont contacté la journaliste pour m'aider. Les demandes étaient tellement nombreuses que le magazine a dû me créer une adresse mail dédiée ! Pendant des semaines, j'ai reçu quotidiennement des chèques, des colis, des lettres, des mots de soutien qui m'ont réchauffé le cœur et parfois émue jusqu'aux larmes. Des mères seules m'écrivaient pour m'assurer que le chemin était difficile, mais qu'elles étaient sûres que, moi aussi, j'allais y arriver ! Les courriers provenaient du monde entier : Angleterre, Espagne, Grèce, Belgique et même du Canada... Aucune de ces personnes ne me connaissait, et pourtant elles voulaient m'aider, me soutenir.

Je consacrais une part importante de mes journées à récupérer des colis à la Poste ou à l'Arbre à pain. De retour à la maison, c'était chaque fois le même cérémonial : avec les filles on s'asseyait autour du paquet, on essayait de deviner ce qu'il y avait dedans. Puis on l'ouvrait dans les cris et les rires. Confiseries, douceurs, chocolats, gâteaux, jouets, chaussures, livres en pagaille, jeux de société, coloriages, dvd… et de très nombreux vêtements. Pour les filles, mais aussi pour moi !

Souvent, parmi les colis et les lettres, était glissé un chèque. Ce n'était pas tant le montant que l'attention qui me bouleversait. Je ne pensais pas que ce serait possible. La vie est si chère qu'à mes yeux, personne n'a les moyens de donner. Je me suis tellement trompée ! Chacun le faisait en fonction de ses ressources. Un monsieur âgé, dont je relis encore l'émouvant mot, m'a envoyé 1 000 euros ! Je n'arrivais pas à y croire. Le montant total de ces dons s'élevait à 3 600 euros. Une fortune.

Il y a longtemps, environ neuf ans, j'ai travaillé dans le centre aéré d'un quartier difficile. Je me souviens d'une maman de neuf enfants. Sa famille vivait dans un petit quatre-pièces. J'avais fait le tri dans mes affaires, j'étais descendue à la cave voir ce qu'il me restait de mes jeux d'enfant. J'avais tout rassemblé dans trois grands sacs que j'avais apportés à cette mère. Elle était très touchée. Elle m'avait dit : « Un jour, si vous êtes dans la même situation que nous, on vous aidera car vous avez fait beaucoup pour nous. » Avant d'ajouter : « Dieu vous le rendra. » Elle avait raison. J'ai aussi retrouvé mon grand-père. À la lecture de l'article, il m'a contactée. Je n'avais plus de ses nouvelles depuis deux bonnes années. Il m'a invitée à dîner au restaurant. Aujourd'hui, je le vois encore.

Quelque temps après la publication de mon histoire dans *Paris-Match,* la journaliste m'avait rappelée. Les éditions Albin Michel souhaitaient publier mon témoignage. Je n'en revenais pas. J'ai toujours voulu écrire ! C'était un rêve de môme. C'était aussi une chance de remonter la pente, de commencer une vie nouvelle, d'extérioriser ce que je ressentais.

Avec les filles nous avons passé notre plus beau Noël. Elles avaient déjà vu certains cadeaux. Mais il restait encore ceux qui étaient emballés. Je les ai tous rassemblés sous le sapin. Les paquets débordaient dans le salon. J'en ai gardé quelques-uns pour leur anniversaire. J'ai acheté une table basse en verre dont je rêvais depuis longtemps. Et je nous ai offert la Wii. Toutes les amies de mes filles en avaient une. Enfin, nous étions comme tout le monde !

Pour le réveillon, nous avons fait une fête inoubliable. J'ai acheté du foie gras. Contre l'avis de ma mère qui me disait de ne pas dépenser ainsi les sous que j'avais reçus. J'ai tenu bon. C'était notre premier Noël chez nous. Et soudainement, il était si lumineux ! Je voulais que les filles s'en souviennent à jamais. J'ai pensé à toutes ces personnes qui m'avaient tendu la main. À cette vague de générosité. Je n'avais pas eu besoin d'aller au Noël de la mairie pour obtenir des cadeaux pour mes filles. J'avais reçu une leçon de vie. Et pour rendre un peu tout ce bonheur, j'ai partagé une partie des dons avec des amies dans le besoin. J'ai commencé cette nouvelle année avec du soleil dans mon cœur.

Mais raconter son histoire ne se fait pas sans drame. J'ai accepté de le faire parce qu'il faut bien que des personnes dans ma situation témoignent. Donner à voir ses problèmes, s'exposer, n'est pas un exercice facile. Et il est risqué. J'ai mon regard, ma mère le sien, Éric un troisième… Chaque personne a sa version. Toutes n'avaient pas aimé l'article. Surtout le père de mes filles. Dans mon entourage, j'ai senti aussi certaines jalousies déplacées.

Les ennuis ont recommencé ! On m'a accusée d'être égoïste, on m'a demandé de l'argent. Je n'osais refuser. J'ai prêté 160 euros à une amie – que je n'ai ensuite jamais revue –, 1 000 euros à ma mère – là, c'était la moindre des choses ! Et autant au père de mes filles. Il m'avait juré que sinon ses parents seraient expulsés de leur appartement. Il m'avait assuré qu'il me les rendrait rapidement à la faveur d'une rentrée d'argent qu'il disait imminente. C'était il y a près d'un an. Il ne m'a jamais remboursée.

À la fin du mois de janvier 2009, Océane a fêté ses trois ans. Je n'avais plus droit à l'allocation de base, ni à celle pour parent isolé : 202,51 euros en moins chaque mois. Pourtant ses besoins n'avaient pas changé. Elle mettait toujours des couches, mangeait autant – voire plus ! –, buvait encore des litres de lait… Je ne recevais plus que 120,32 euros d'allocations familiales et les 265,30 euros versés directement au Lien yvelinois pour payer une partie des 456 euros de loyer. Surtout, la CAF n'avait toujours pas régularisé ma situation à la suite de la perte de mon emploi. Je n'ai jamais reçu de compensation pour les deux mois passés sans salaire. On m'a expliqué que c'était parce qu'en octobre, comme en novembre, j'avais reçu des fiches de paye. Pourtant, le montant inscrit au bas de celles-ci était de « zéro euro ». On m'a rétorqué que la CAF ne regardait pas le montant...

Mon quotient familial aurait dû être revu à la hausse puisqu'il évolue en fonction des ressources. Je n'avais plus mes 650 euros de salaire. Pourtant, il n'a pas été réévalué. Je n'ai pas compris pourquoi. En revanche, j'ai reçu une lettre me disant que mon trop-perçu pour l'aide aux parents isolés était encore plus élevé que prévu. Mes retenues sur mes allocations ont augmenté : elles sont passées de 37 à 78,70 euros par mois. Sans explication. À partir de février, je n'ai donc plus reçu de la CAF que 45,22 euros par mois pour vivre (123,92 euros d'allocations familiales moins 78,70 de retenues pour le trop-perçu). Pourtant je croyais que personne, aucun huissier, aucun débiteur n'était autorisé à saisir les allocations familiales ? Excepté la CAF elle-même ! Comment peut-on vivre avec 45,22 euros par mois ?

En mars, j'ai perçu la moitié de l'avance pour l'écriture de ce livre. Cela m'a permis de tenir un peu, de rembourser quelques dettes. J'ai acheté des chaussures pour les filles, quelques bricoles pour la maison. Quand je faisais les courses, je prenais un peu plus de produits frais, de produits de marque, de viande. Et deux fois nous avons mangé des fraises ! Je me suis abonnée à Internet pour les besoins du livre. Très vite, l'acompte a été englouti.

En avril, j'ai reçu une lettre d'EDF. Elle me signifiait que je leur devais 374 euros qui seraient débités sous une semaine. Largement plus que le montant des allocations que j'avais reçues pour le mois ! Rien à faire. Après de nombreux coups de fil, j'ai compris que, contrairement à ce que je pensais, ma demande de forfait social n'avait pas été prise en compte. On m'avait assuré qu'il suffisait de remplir un formulaire et que cela se ferait automatiquement. Jamais on ne m'avait prévenue que n'ayant pas coché la case pour le gaz, je passais automatiquement sur le forfait combiné. Je devais payer 79 euros par mois, contre 30 euros auparavant. Et il me fallait acquitter la différence entre les deux montants depuis le mois d'août.

Au mois de mai, je n'avais toujours que les 45,22 euros d'aides et l'avance du livre avait fondu. Ma mère m'a dépanné de 32 euros et mon grand-père de 10. Heureusement, à la toute fin du mois de mai, neuf mois après ma première déclaration de non-versement de la pension alimentaire de la part d'Éric, la CAF s'est enfin substituée à lui. J'ai reçu 714,81 euros d'un coup. 871,35 euros moins 156,54 de retenues dont je ne connais toujours pas le motif. Loin des 1 800 euros que me devait Éric pour ces neuf mois impayés, loin des 1 568,43 euros que la CAF aurait dû me verser pour tout ce temps. Mais à cette époque, cet argent m'a tout simplement sauvée. Depuis, je reçois chaque mois 174,27 euros au titre d'allocation de soutien familial.

Le 28 mai, je suis à nouveau passée devant le tribunal pour régler notre problème de pension alimentaire. Cela n'a servi à rien. Le délégué du procureur a constaté qu'Éric ne payait pas. Éric a refusé la proposition de me verser 300 euros par mois pendant dix-huit mois, puis de revenir aux 200 euros de pension. Sur la notification que j'ai reçue, il est simplement écrit : « Aucun rapprochement n'a été possible en raison de l'incapacité financière du mis en cause. Ce dernier est actuellement à la recherche d'un emploi. » En attendant, comment je vis, moi ? J'avais aussi enclenché cette procédure devant la justice pour que la CAF continue de se substituer à Éric pour le versement de la pension alimentaire. C'est une obligation au bout de quatre mois de non-paiement. Il me faut encore déposer un dossier devant un autre tribunal pour les 1 000 euros qu'il m'a empruntés et jamais rendus.

Parmi les personnes qui m'ont aidée après la parution de l'article dans *Paris-Match*, quelques-unes me soutiennent toujours. Notamment une femme Dominique, qui m'envoie des bons d'achats Picard et des produits de beauté. Une autre dame, habitant la Belgique, continue à me faire parvenir des colis alimentaires. Mais la majorité de mes bienfaiteurs ne m'aident plus. Certains, deux ou trois, sont fâchés contre moi parce que je ne leur ai pas répondu assez vite. Je les comprends. Ils ont fait un geste pour m'aider et ils ont eu l'impression que je manquais de reconnaissance. C'est tellement faux ! J'étais prise par les difficultés de ma vie. Je ne voulais pas leur écrire que, depuis leur aide, rien ne s'était arrangé. J'ai mélangé les courriers aussi, je me suis un peu perdue entre ceux à qui j'avais répondu et les autres. Leurs lettres m'ont fait pleurer. Ils m'accusaient de les avoir utilisés, d'avoir abusé de leur bonté.

En juin dernier, avec les filles, nous sommes allées à la fête de l'école de Maéva. Les jeux étaient payants. Pas grand-chose, mais je n'avais absolument aucun argent ni sur moi ni sur mon compte. Seules dans notre coin, nous avons attendu plus d'une heure l'arrivée de ma mère, en regardant les autres enfants jouer. J'ai eu tellement honte ! Au moment de partir, la directrice est venue me voir. Elle m'a expliqué que c'était dommage que Maéva n'ait pas été scolarisée plus souvent. Je ne sais pas ce qui m'a prise, mais je lui ai répondu du tac au tac que si elle avait vécu le quart de ce que j'avais vécu, elle ne se permettrait pas de me faire la leçon. Pour la première fois, je me suis affirmée ! Deux parents sont venus vers moi pour m'assurer que j'avais bien fait.

Quelques jours plus tard, la nourrice d'Océane m'a expliqué qu'elle ne pouvait plus la garder les mercredis parce qu'elle devait s'occuper d'un nouvel enfant. Comme je ne travaillais plus, je pouvais donc me consacrer à ma fille...

L'été est arrivé et le mois de juillet, avec une bonne nouvelle ! J'avais enfin droit au Revenu de solidarité active. Le fameux RSA. Je l'ai appris par hasard. Normalement, pour les personnes dans mon cas, c'est automatique. Mais pour moi, comme d'habitude, cela n'a pas marché. C'est quand j'ai appelé une fois de plus la CAF pour comprendre pourquoi j'avais reçu si peu d'aides qu'une personne s'est étonnée que je ne perçoive pas le RSA. Mon assistante sociale ne m'en avait jamais parlé. J'ai rempli un dossier. Mes aides ont été augmentées de 383,63 euros ! Et grâce à une lettre de mon assistante sociale, j'ai obtenu que mes 235,24 euros de dettes envers la CAF – dont je ne comprends toujours pas à quoi elles correspondent – soient effacées. Avec les 123,92 d'allocations familiales, les 174,27 euros d'allocation de soutien familial et le RSA, je perçois au total 681,82 euros. À cela viennent s'ajouter, toujours, les 256,30 euros d'aide au logement.

Le 25 juillet, mon bail glissant est arrivé à son terme. J'ai cru qu'on allait me jeter à la rue pour ne pas avoir su trouver un emploi, pour n'avoir pas rempli ma part du contrat. Je n'en ai pas dormi pendant des semaines. Je ne savais pas quoi faire. Pourtant, à cette époque, je travaillais. J'écrivais ce livre. Mais pour mon bailleur, ce n'était pas un emploi, c'était précaire. Or, non seulement c'était beaucoup de travail, mais en plus, j'étais rémunérée. En tout, j'ai reçu 6 000 euros brut d'avance. Ce que j'aurais gagné en neuf mois si j'avais réussi à garder mon emploi de vendeuse. Heureusement, les gens du Lien yvelinois se sont montrés patients et compréhensifs. Ils m'ont accordé jusqu'au mois d'octobre pour trouver un emploi stable.

À la fin de ce même mois de juillet, ma mère m'a remis un avis de poursuites judiciaires d'un créancier que je ne connaissais pas, pour une dette de 595,83 euros qui ne me disait rien. Paraît-il qu'elle était inscrite dans le dossier de surendettement. Je ne l'ai pas retrouvée. Éric en doit une moitié, moi l'autre. Grâce à une avance de 500 euros des Éditions Albin Michel, j'ai pu m'acquitter de cette dette. Je n'ai pas vraiment cherché à comprendre à quoi elle correspondait. Aujourd'hui, je veux juste me débarrasser de tout mon passif. Et petit à petit, j'y arrive : je n'ai plus que 250 euros par mois à rembourser contre 450 il y a encore trois mois. Je le vis comme une libération. Ce même mois, je suis retournée au commissariat. Éric ne payait toujours pas la pension. Le policier m'a expliqué qu'il m'appartenait maintenant d'envoyer un huissier chez lui pour faire une saisie. Le coût de cette opération – 80 euros – serait à ma charge. Je ne crois pas réussir un jour à le faire. D'autant plus qu'il vit toujours chez ses parents…

En août, j'ai gardé un chien pendant deux semaines. J'ai gagné 150 euros. Ajouté à ce qu'il restait des 500 euros d'avance que mon éditrice avait fait débloquer, j'ai pu partir une semaine en vacances avec trois amis, ma sœur et mes filles. On a trouvé une location pour 250 euros la semaine, dans une résidence avec trois piscines, à cent mètres de la plage ! Et un ami qui travaille à la SNCF nous a déniché des billets à des tarifs préférentiels. C'étaient mes premières vraies vacances depuis mon séjour à Lyon chez ma copine Audrey, il y a maintenant près de trois ans.

Paris-Match m'a donc accordé un sursis, une parenthèse enchantée. Mais passé l'émotion, la vie a repris ses droits. Avec ses hauts et ses bas. Les semaines, les jours oscillent entre espoir et désespoir, au gré des nouvelles. Mes relations avec ma mère et ma sœur sont plus apaisées. Cela me rend heureuse. Éric me manque toujours, mais de loin en loin. De ce côté-là aussi j'avance. J'arrive à m'occuper de mes filles, à gérer presque tout, toute seule. Je ne fais plus de crise de spasmophilie. J'ai le sentiment d'avoir dompté mon désarroi. J'ai accepté mon passé avec mes erreurs. J'ai grandi. Je le lis aussi dans les yeux de ma mère et de ceux qui m'entourent. Et cela me fait grand bien.

Je continue de rêver. J'en ai besoin. Je rêve d'un travail, d'être libérée des assistantes sociales, des éducatrices, de ne plus dépendre des aides, de devenir la locataire de mon appartement. Je rêve que l'on me fasse confiance. Je rêve d'être indépendante. D'être libre. Je rêve d'une vie meilleure pour mes enfants. Je rêve de pouvoir payer des cours de poney à Maéva, d'offrir à mes filles une enfance normale, loin des privations. Je rêve que l'on parte toutes les trois en vacances en Italie, le pays de mon père. Ce livre, je rêve parfois qu'il sera adapté, qu'il deviendra un film. Et qu'un jour je deviendrai une auteur reconnue. Pourquoi pas de livres pour enfants ? Parfois, plus simplement, je rêve que l'on forme à nouveau une famille, d'avoir un homme à mes côtés, qui me serrera dans ses bras, qui sera fier de moi. Je rêve d'aider les mères seules. De fonder mon association. Je crois que ce rêve-là est à ma portée.

Je rêve, seule, dans mon lit. Je rêve pour ne pas sombrer. Je rêve mais, au fond de moi, je sais que demain je devrai me lever, et tout recommencer. Recommencer cette quête sans fin pour nourrir mes filles. Toujours, il me faudra courir pour ne pas couler. Je connais le rythme de ma vie : il est fait de hauts et de bas, de chutes et de remontées. Je sais que je n'ai plus le droit ni de faire des erreurs ni de me laisser aller. Je sais qu'il me faudra une prudence de chaque instant pour avancer sans tomber. Chaque seconde d'inattention coûte trop cher. Je n'ai plus les moyens d'un faux pas. Je rêve que tout cela n'est qu'un cauchemar. Qu'avec la nuit, les mauvaises choses passeront. Et je reprends espoir. Ce rêve d'enfant, d'écrire un livre, ne vient-il pas de se réaliser ? Alors je rêve qu'il marquera le début d'une nouvelle vie.

Moi, c'est Nelly. Je viens d'avoir vingt-huit ans. Avant, il n'y a pas si longtemps, j'étais comme vous. Et je le suis toujours. Sauf qu'à un moment, la chance a tourné. Elle a changé de trottoir. J'en ai fait mon deuil, même si je sais qu'au coin d'une rue, au coin d'une épicerie sociale, elle peut resurgir. Je ne suis pas née pauvre. Je le suis devenue. J'ai fait des erreurs, mais j'ai été aussi victime des banquiers prédateurs, de l'inadaptation de services sociaux qui vous maintiennent hors de l'eau sans jamais vous aider à apprendre à nager. La pauvreté n'est pas une fatalité. Elle est tout simplement inacceptable.

Je suis une mère célibataire parmi tant d'autres. En prise avec la vie. J'ai appris à accepter ma précarité. Et à vivre avec. J'espère que vous me jugerez avec indulgence. J'espère que ce livre aidera aussi mes proches à comprendre ma situation. À me pardonner mes moments d'épuisement. Surtout, j'espère que mes filles en grandissant ne m'en voudront pas d'avoir exposé ainsi notre vie, qu'elles me pardonneront les mots que j'écris sur leur père, qu'elles comprendront que, comme pour tout ce que je fais dans ma vie, j'ai pris ce risque pour elles, pour qu'enfin on s'en sorte.

Parce que si je continue à me battre, c'est pour elles et uniquement pour elles. Plus pour moi. Je sais que malgré mon âge, à moins d'un miracle, ma vie ne sera jamais facile. Je ne crois pas qu'un jour je gagnerai suffisamment d'argent pour nous mettre à l'abri d'un coup dur, pour épargner ou, tout simplement, pour vivre sans angoisse du lendemain.

J'ai à peine vingt-huit ans. Déjà, je me sens vieille. Mais si mes filles ne sont pas parties dans la vie avec les bonnes cartes en main, elles n'y sont pour rien. Et ça, c'est drôlement injuste. Je voudrais tellement leur donner la possibilité d'un avenir plus rayonnant. Même juste un avenir. Et pour cela, je poursuivrai cette bataille. Jusqu'à mon dernier souffle.

Postface de Caroline Fontaine

J'ai rencontré Nelly ce fameux lundi ensoleillé de décembre, à l'Arbre à pain, une épicerie sociale de Saint-Germain-en-Laye, dans le cadre d'un reportage pour *Paris-Match* sur les « nouveaux pauvres ». Elle semblait si fragile du haut de son 1,55 mètre. Je me trompais. Fragile elle l'était sûrement un peu, mais surtout, elle était déterminée. Il lui en fallait de la volonté et du courage pour tenir. Car comment peut-on vivre avec 3 euros par jour ? En France, ils sont nombreux à tenter, semaine après semaine, de trouver des réponses à cette question. Les chiffres sont accablants : 8 millions de personnes vivent en dessous du seuil de pauvreté c'est-à-dire avec moins de 908 euros par mois pour un adulte seul. Et encore, comme

Nelly la majorité sont largement en dessous de cette somme. Dans ces marges de notre société vivent de nombreuses mères célibataires. Plus de 30 % des 1,8 million de familles monoparentales (qui comptent 2,8 millions d'enfants) sont au-dessous de ce seuil de pauvreté, soit une proportion 2,3 fois plus élevée que pour le reste de la population. Il atteint même 64,4 % pour les mères seules sans activité professionnelle. Ces dernières constituent la population la plus menacée par la pauvreté. Et la moins armée pour y faire face.

À cause de ses problèmes de santé ou de ceux de ses filles, à cause de l'impossibilité de trouver des modes de garde à des tarifs pour elle abordables, Nelly ne parvient pas à garder un emploi durablement. De plus en plus nombreuses (leur nombre a presque triplé en 40 ans), ces mères célibataires connaissent des difficultés quasi insurmontables pour travailler et pour retrouver un conjoint. Avec un seul salaire, souvent très bas, impossible de s'acquitter des frais fixes, de payer le loyer ou la garde des enfants… Leurs vies sont d'une fragilité extrême, leurs équilibres sont, presque par nature, instables. Une grippe, un enfant malade..., et ces mères peuvent perdre leur emploi. S'ensuivent des mois d'enfer avant de remonter la pente, en luttant pour préserver ce qui reste et notamment l'appartement. Mais en général, au bout du chemin, c'est plutôt la dégringolade qui les attend, ou bien le même scénario revécu après une accalmie. D'autant plus que la précarité affaiblit : appartement sous-chauffé, alimentation pauvre en fer et en vitamines, nuits hantées par les angoisses quant à l'avenir... Et quand les CDD ne se transforment jamais en CDI, ce sont ensuite les CDD eux-mêmes qui s'avèrent impossibles à décrocher. Une spirale infernale.

Bien sûr, Nelly a commis des erreurs. Mais elle n'a pas mesuré que celles-ci pourraient la faire plonger irrémédiablement. Et pour cause. Pour chaque découvert, son banquier, rassurant, avait un remède. Les dérives de notre système bancaire – les prêts accordés à ceux qui n'en ont pas les moyens, les innombrables frais bancaires liés aux découverts... – sont souvent le point de départ de la détresse financière de nombre de familles. Plus de 710 000 Français sont surendettés, chaque année près de 30 000 demandes de mises en faillite personnelle sont transmises à la justice et plus de 180 000 dossiers de surendettement déposés. Ces derniers ont presque triplé en dix ans. Les banques ont ce pouvoir d'appauvrir les gens, en les tirant vers le bas, tout en leur faisant croire qu'ils bénéficieront d'un répit.

Comme 2,5 millions de Français – les chiffres sont à la hausse – Nelly s'est retrouvée un jour sans toit. Elle a pu compter sur le soutien de sa famille et, grâce à une association, relouer un appartement en moins de deux ans. Elle a eu de la « chance ». Tous n'en ont pas. Selon l'indicateur usuel de surpeuplement, 20 % des mères célibataires habitent un logement où manquent une ou deux pièces. Près de 200 000 familles monoparentales sont contraintes de cohabiter avec d'autres. Et seul 28 % de ces femmes sont propriétaires de leur habitation, contre 63 % des couples avec enfants. Nelly n'est d'ailleurs toujours pas à l'abri de connaître un jour la rue, les foyers, les centres d'hébergement d'urgence, les hôtels... Et pour les enfants, ces conditions de vie, peuvent s'avérer dramatiques. Comment vivre quand un rien peut entraîner l'effondrement du peu que l'on a ? « Je ne vis pas, je survis », dit Nelly.

Pourtant la précarité n'est pas une fatalité et ces situations devraient être combattues, pas uniquement parce qu'elles sont source de grande détresse pour ceux qui les vivent mais aussi parce qu'elles sont trop coûteuses pour la société. Un seul chiffre : chaque jour l'État dépense 1 million d'euros en chambres d'hôtel pour les plus démunis. Un million d'euros ! Mais l'État gère surtout l'extrême urgence. Même si cela est plus onéreux, même si cela est dévastateur pour ceux qui logent dans ces chambres minuscules où l'on ne peut ni cuisiner ni avoir de vie de famille, d'où l'on déménage souvent, parfois tous les jours, et qui, bien sûr, n'offrent aucune des conditions nécessaires à la reconstruction de soi et à celle de son foyer.

Dans cet enfer, les services sociaux, ou plutôt ceux qui y travaillent, se battent généralement de leur mieux pour aider ceux qui n'y arrivent plus. Souvent même contre leur propre administration, avec les moyens du bord, trois bouts de ficelle. Une assistante sociale me confiait que, faute de pouvoir vraiment aider ceux dont elle s'occupe, elle en était réduite à leur fournir de simples conseils pour économiser leurs maigres ressources – ne pas tirer la chasse d'eau mais verser un verre d'eau pour adoucir l'odeur des urines, faire ses courses le ventre plein… De leur côté, les associations tentent l'impossible pour pallier les déficiences de notre système. Mais cela ne suffit pas.

Malgré les milliards d'euros que dépense chaque année l'État pour les services sociaux, le système d'aide ne remplit que partiellement sa mission. Les personnes faisant appel à lui sont de plus en plus nombreuses, les délais s'étirent sur des mois et les allocations n'ont pas suivi l'augmentation du coût de la vie. Aujourd'hui, ces dernières sont bien trop faibles pour permettre de s'en sortir et les dispositifs destinés à accompagner les personnes dans leur retour à l'emploi sont souvent inefficaces, quand ils ne sont pas inexistants. Les services sociaux sont trop pauvres, trop mal pensés et ne sont plus adaptés au monde d'aujourd'hui. Ils vivent eux aussi au jour le jour. Les retards de paiement de la CAF, dus à des problèmes de trésorerie, sont légion. Tout prend du temps. Or le temps c'est de l'argent. Et l'argent, c'est la survie.

Pourtant, l'argent ne règle pas tout, loin s'en faut ! Nelly, comme tant d'autres, est pauvre. Elle n'est pas née pauvre. Elle l'est devenue. La labéliser pauvre, c'est déjà mal la traiter, c'est la stigmatiser. Tous, autour d'elle, la considèrent comme une enfant au motif qu'elle n'est pas financièrement indépendante. Or, avant tout, Nelly est un être humain et, avec ce regard porté sur elle, elle se sent déclassée, dominée, assistée, incapable. Elle a besoin d'autres outils que de l'argent : de dignité, de reconnaissance, de respect.

Mais, en France, la misère reste dissimulée. On refuse de la voir alors qu'elle nous concerne tous. Pas uniquement parce que nous payons avec nos impôts les rustines destinées à ces populations. Aussi parce que nos équilibres sont de plus en plus fragiles, et ce qui n'arrivait qu'à l'autre peut désormais nous toucher. Il faut lutter contre la précarité, en améliorant notamment notre système d'aide. C'est une question de montant alloué certes, mais tout autant de bonne gestion. Mieux répartir les fonds, accompagner vraiment les gens au-delà de l'urgence, proposer un suivi individualisé, inventer des solutions aux problèmes de garde, s'adapter aux changements de la société… L'investissement est lourd, mais sans conteste, à terme, il serait bien moins coûteux pour notre société. D'autant plus que ce gâchis humain nous appauvrit durablement en diminuant les capacités de ces hommes, de ces femmes et de ces enfants dont nous pourrions tous profiter.

Les aider est un défi que les pouvoirs publics n'ont pas encore réussi à relever. Il devrait pourtant être prioritaire, tant la situation actuelle est en rupture avec notre contrat social, avec notre idéal inscrit dans ces trois mots : liberté, égalité, fraternité.

REMERCIEMENTS

Aux mères en général et à la mienne en particulier.

À Caroline Fontaine, journaliste à *Paris-Match*, à mon éditrice Lise Boëll qui m'a permis de m'exprimer à travers ce livre, et à Estelle Cerutti. Merci à ma mère, qui a été là pour moi à chaque instant et qui m'a soutenue dans cette aventure. Merci à ma grand-mère qui m'a permis de tenir les jours où je n'avais plus rien grâce à sa purée maison, à son amour et à sa tendresse. Enfin je tiens à remercier tous mes amis qui m'ont encouragée, aidée dans mon combat. Grâce à eux, j'ai réalisé que je méritais d'être heureuse. Merci du fond du cœur à toutes les personnes qui m'ont montré le chemin, ouvert des portes et tendu la main. Brigitte et Sylviane, continuez de veiller ainsi sur moi de là-haut. Vous êtes dans mon cœur pour toujours. Vous êtes les étoiles qui ont guidé mes pas.

Composition Nord Compo
Impression CPI Bussière en janvier 2010
à Saint-Amand-Montrond (Cher)
Éditions Albin Michel
22, rue Huyghens, 75014 Paris
www.albin-michel.fr

ISBN 978-2-226-19290-5
N° d'édition : 18718/01. – N° d'impression : 100107/4.
Dépôt légal : janvier 2010.
Imprimé en France.